人文
诗散
丛书

翟永明◎著

水之诗开放在灵魂中

花山文艺出版社
河北·石家庄

图书在版编目（CIP）数据

水之诗开放在灵魂中/翟永明著. —石家庄:花山
文艺出版社, 2020.1（2020.4 重印）
（"诗人散文"丛书）
ISBN 978-7-5511-4966-2

Ⅰ.①水… Ⅱ.①翟… Ⅲ.①散文集—中国—当
代 Ⅳ.①I267

中国版本图书馆CIP数据核字(2019)第201648号

策　　划：曹征平　郝建国

丛 书 名："诗人散文"丛书
主　　编：霍俊明　商　震
书　　名：**水之诗开放在灵魂中**
　　　　　Shui Zhi Shi Kaifang Zai Linghun Zhong
著　　者：翟永明

责任编辑：梁东方　林艳辉
责任校对：李　鸥
装帧设计：王爱芹
美术编辑：胡彤亮
出版发行：花山文艺出版社（邮政编码：050061）
　　　　　（河北省石家庄市友谊北大街330号）

销售热线：0311-88643221/29/31/32/26
传　　真：0311-88643235
印　　刷：石家庄众旺彩印有限公司
经　　销：新华书店
开　　本：880mm×1230mm　1/32
印　　张：7.625
字　　数：145千字
版　　次：2020年1月第1版
　　　　　2020年4月第2次印刷
书　　号：ISBN 978-7-5511-4966-2
定　　价：48.00元

总　序

◎ 霍俊明

已经记不得是在北京还是石家庄，也忘了谈了几次，反正建国兄和我第一次提起要策划出版"诗人散文"系列图书的时候，我就没有半点儿犹豫——这事值得做。而擅长写作散文的商震兄对此更是没有异议，在石家庄的一个宾馆里，他一边吸着烟一边谈论着编选的细节。

"诗人散文"是一种处于隐蔽状态的写作，也是一直被忽视的写作传统。

美国桂冠诗人、1987年诺贝尔文学奖获得者约瑟夫·布罗茨基有一篇广为人知的文章《诗人与散文》，我第一次读到的时候印象最深的是如下这句话："谁也不知道诗人转写散文给诗歌带来了多大的损失；不过有一点却是可以肯定的，也即散文因此大受裨益。"此文其他的内容就不多说了，很值得诗人们深入读读。

收入此次"诗人散文"第一季的本来是八个人，可惜朵渔的那一本因为一些原因最终未能出版，殊为遗憾，再次向朵渔兄表达歉意。其间，我也曾向一些诗人约稿，但因为一些主客观原因，最终与大家见面的是翟永明、王家新、大解、商震、张执浩、雷平阳和我。

在我看来，"诗人散文"是一个特殊而充满了可能性的文体，并非等同于"诗人的散文""诗人写的散文"，或者说并不是"诗人"那里次于"诗歌"的二等属性的文体——因为从常理看来一个诗人的第一要义自然是写诗，然后才是其他的。这样，"散文"就成了等而下之的"诗歌"的下脚料和衍生品。

那么，真实的情况是这样的吗？

肯定不是。

与此同时，诗人写作散文也不是为了展示具备写作"跨文体"的能力。

我们还有必要把"诗人散文"和一般作家写的散文区别开来。这样说只是为了强调"诗人散文"的特殊性，而并非意味着这是没有问题的特殊飞地。

在我们的文学胃口被不断败坏，沮丧的阅读经验一再上演时，是否存在着散文的"新因子"？看看时下的某些散文吧——琐碎的世故、温情的自欺、文化的贩卖、历史的解说词、道德化的仿品、思想的余唾、专断的民粹、低级的励志、作料过期的心灵鸡汤……由此，我所指认的"诗人散文"正是为了强化散文同样应该具备写作难度和精神难度。

诗人的散文必须是和他的诗具有同等的重要性，而不是非此即彼的相互替代，两者都具有诗学的合法性和独立品质。至于诗人为什么要写作散文，其最终动因在于他能够在散文的表达中找到不属于或不同于诗歌的东西。这一点至关重要。这也正是我们今天着意强调"诗人散文"作为一种不同于一般意义上的散文的特质和必要性。

诗人身份和散文写作两者之间是双向往返和彼此借重的关系。这也是对散文惯有界限、分野的重新思考。"诗人散文"在内质和边界上都更为自由也更为开放，自然也更能凸显一个诗人精神肖像的多样性。

应该注意到很多的"诗人散文"具有"反散文"的特征，而"反散文"无疑是另一种"返回散文"的有效途径。这正是"诗人散文"的活力和有效性所在，比如"不可被散文消解的诗性""一个词在上下文中的特殊重力"，比如"专注的思考"、对"不言而喻的东西的省略"以及对"兴奋心情下潜存的危险"的警惕和自省。

我们还看到一个趋势，在一部分诗人那里，诗歌渐渐写不动了，反而散文甚至小说写得越来越起劲儿。那么，这说明了什么？说明他已经不再是一个诗人了吗？说明散文真的是一种"老年文体"吗？对此，我更想听听大家的看法。

我期待着花山文艺出版社能够将"诗人散文"这一出版计划继续实施下去，让更多的"诗人散文"与读者朋友们见面。

2019年秋于八里庄鲁院

目 录

CONTENTS

◎ 第一辑　女儿墙

第一辑

女儿墙

女儿墙

山围故国周遭在，潮打空城寂寞回。

淮水东边旧时月，夜深还过女墙来。

这是我小时候最爱读的一首诗，刘禹锡的《金陵五题·石头城》。

其实我读这首诗时，也是一点都不知道"女墙"的意思。但我喜欢这个词，"女"字加在"墙"字前面，使得物质化的词变得有诗意了，使得"墙"这种水泥和混凝土的平面变柔和了，也变美了。我写这首诗时，何多苓正在画一幅油画，他后来把它取名为《女儿墙》。画面上是一个妙龄少女站在一堵矮墙后面，背景是一片抽象的桃花或其他的什么花，前景的矮墙，是造型非常现代的一堵墙。它隐喻着带有窥视含义的古代书写的情景。他的画笔在捕捉一些含混的、游离不定的、曾经是静谧的空间，而女儿墙，则暗示着诸如人面桃花、墙头马上一类古代传奇式的叠象。

女墙在过去的年代里，一直暗含有窥视的意义。根据《古今论》中所述："女墙者，城上小墙。一名睥睨，言于城上窥人也。"可见女墙不但与窥人有关，甚至还另有一个直露的名字。但"睥睨"一词，太过拗口，不如"女墙"既含蓄且郎朗上口。我在李渔的《闲情偶寄·居室部》中，读到关于女墙有专门的一章。他这样说："予以私意释之，此名甚美，不必定指城垣，凡户以内之及肩小墙，皆可以此名之。盖女者，妇人未嫁之称，不过言其纤小，若定指城上小墙，则登城御敌，岂妇人女子之事哉……"女墙正是仿照女子睥睨之态，在城墙上筑起墙垛，以监视来敌，刘禹锡诗中的"夜深还过女墙来"，正是指城墙上的小墙。按照李渔的说法，女墙则应为户内齐肩小墙，而此种小墙既不能御盗，更不能御敌，大约只能御内，是用来防止户内妇人女子与外界接触的。古代女子久锁深闺，不能出三门四户，但小墙齐肩，却又不能防止女人偶然从户内女墙，一窥墙外春光。墙是死的，人却是活的，所以这女墙又成就了多少古时的佳话。于是女墙的建筑形式，就形成了古代女人的一种窥视形式和窥视心理，往往在一瞥之下，她们就发现了自己的意中人，或改变了自己的一生。

因此想到古代女人必然具有惊人的眼力和天生的洞察力，这一眼与自己的后半生有重大关系，若是这一眼未能看准，则意味着悔恨终生或身败名裂。白居易有诗为证：

妾弄青梅凭短墙，君骑白马傍垂杨。

墙头马上遥相顾，一见知君即断肠。

诗中写及的短墙，一定就是女墙了。"一见知君即断肠"，一方面说明古代女人择偶的决断力，另一方面也说明属于她的自由眺望时间不多，必须速战速决。剩下的事就与她无关了，或者是梅香传柬、私定终身在后花园，那也是黑暗中的事；或者是明媒正娶，直到进了洞房都是盖头蒙着，不知道对方究竟是谁。只有女墙后面的那一瞥，是真正属于她自己的，她必须把握住这唯一的机会。

我曾读白朴的杂剧《墙头马上》，剧中女主人公李千金，是皇帝宗室洛阳总管的千金小姐，久锁深闺，只能隔墙赏花。一日偶然在墙头窥见书生裴少俊，这一瞥之下，"合是姻缘簿上该"。至于为什么一瞥之下，千金就知是姻缘，剧中未作描述。想来一是古时女子见人见得不多，差不多的就觉得是人间少有了，不像现在的女人那么挑剔。二是闺阁女子早就心目中有了意中人的形象了，自然是不会错的，也不能错，机会只有一次，一错就只能错成杜十娘怒沉百宝箱一类的薄命红颜。李千金也是差点就要变成悲剧人物了。总之，"偶然间两相窥望，引逗的春心狂荡，今夜里早赴佳期，成就了墙头马上"。我们不知道李千金的墙头是不是女墙，但剧中关于这一节，有一句交代："这一堵粉墙儿低，这一带花阴儿密。"可见这是后花园的女墙。

女墙与女人有如此重大的关系，也难怪要叫作"女"墙、"睥睨"。在中国的传统四合院，是离不开墙的，墙代表着中国人的边界意识。米歇尔·福柯曾说："我们想到中国，便是横陈在永恒天空下面一种沟渠堤坝的文明，我们看见它展开在整整一片大陆的表面，宽广而凝固，四周都是城墙。"墙围合了以家族制为单位的"家"，而女墙则是墙中之墙，或者说墙内之墙。它是以墙圈定的边界里的边界，置身于女墙内的天空是太过狭小了，而墙在兼有防御作用的同时，也具有了诱惑的双重作用，成了观察者的桥头堡。所以古往今来，多有关于女墙内外的神秘窥望和富有诗意的向往，如："墙里秋千墙外道，墙外行人，墙里佳人笑""隔墙花影动，疑是玉人来"（由外向内），"满园春色关不住，一枝红杏出墙来"（由内向外），而这死板的几何形式，不但没能彻底成为家的保护性屏障，有时反而成为一种叛逆：不倚短墙，怎知春色如许！

李渔在《闲情偶寄·居室部》中还这样说道："至于墙上嵌花或露孔，使内外得以相视，如近时园圃所筑者，益可名为女墙，盖仿睥睨之制而成者也。"此种女墙，更把睥睨、窥视的含义，发挥得几乎使墙失去了自身的存在，同时又为在家的内部开展私人生活提供了较开放的场所。中国传统文化中，也常常表现这种窥视的主题，这在许多中国画中都能看到。张爱玲把她1976年旧作新版的集子，题名为《张看》，到底是否有隐喻这种窥视主题的含义，还是仅仅想说明是张爱玲看？或者这两重含义都有？我不太清楚。但是她在1946年出版的《传奇》一书的封面上，用了晚清的一张时装仕女图，"画着个女人幽幽地在那里弄骨牌，旁边坐着奶妈，抱着孩子，仿佛是晚饭后家常的一幕。可是栏杆外，很突兀地，有个比例不对的人形，像鬼魂出现似的，那是现代人，非常好奇地孜孜往里窥视"。联系到她序言中所说到的："常常被人议论到"，"还有许多无稽的谩骂，甚而涉及到我的私生活"，可见直至现代人，仍是如此好奇、喜窥视。图中并没有画出女墙，张爱玲也没有谈及，但是在传统的眼睛中，一直存在着这样的可供窥视的无形的女墙，从以前"一捅即破"的纸糊窗户，到现在的铝合金玻璃窗，这种情况其实并没有改变。不管有无嵌花和露孔，"盖仿睥睨之制而成者也"。女墙，于是又成为向内、向墙内之人窥视的一种方式。成为传统自愿围合的空间，从这些眼睛里，可以负面地瞥见人性的种种可能性，以及以时空作为背景的一种特殊的人文景观。

时光流逝到现在，女墙在现代建筑中，早已失去它浪漫和诗意的一面，对于现代男女来说，早已不需要通过墙头马上这种方式来寻找爱情，男女之间的神秘感也已荡然无存，那种"墙外行人，墙里佳人笑""笑渐不闻声渐悄，多情却被无情恼"的浪漫然而封建的时代已一去不复返了，女墙对大多数人来说，也仅仅意味着一堵九十厘米高的砖混矮墙，在生活中具有实际的使用功能；在城市建筑中，它是最小最基本的存在，出现在每家人的阳台上或每个单元楼的屋顶上，成为一种封闭的保护的建筑。只有当人们俯身阳台，或从屋顶眺望远方时，以及人们试图通过阳台对室内的私人生活场景窥望时，似乎还依稀保有女墙那睥睨的姿态。当我们漫步长城或走在秦淮河的夜晚，也绝不会再有"夜深还过女墙"的旧时月了，一切都变得接近终极了，于是一切又都回到形式的本意了。只有当我写到"在女墙上赤脚行走"时，那几何构成的美学意象才仿佛变得又一次透明起来。

1996年2月26日

外眺与内眺

1991年秋天的一个下午，我驱车前往美国麻省的一个小镇，去看望我的一个朋友。她住在森林中心地段的一座楼里，周围是落红、流泉和鸟鸣。朋友的那幢建筑是最典型的美国中产阶级式的房子，透过客厅里的落地玻璃幕墙，把整个森林的景色尽收眼底。饭后的林中散步，更是中产阶级情趣之一。

当我坐在客厅里与朋友聊天，坐看红叶落地时，我突然发现这种感觉与东方人的感觉太不一致了。西方建筑几乎都是外眺式的，从一个中心部分向四周展望，站在一个点上，与自然融合。而东方建筑则是内眺式的，从四周围向一个中心，向内观望，以四方上下的空间与宇宙包含。西方人最理想的居住模式，就是田园牧歌式的自然环境，正如海德格尔那句最爱被建筑界人士引用的名言："人，诗意地栖居在大地。"而在东方传统建筑中，"天人合一"的宇宙观是建筑的空间原则，在狭小尺度的三维空间里，俯仰乾坤、观照万物，是东方建筑的哲学基础。因而中国人的居住概念，也总是"躲进小楼成一统"似的营造个人小环境的思想。"各人自扫门前雪，莫管他人瓦上霜"，充分说明了中国人对自己小环境的看重；这也是内眺方式的一个证明。

1992年我回国后，发现成都人开始热衷于装修自己的小家庭，在寸土必争的空间里营造自己的理想环境，在狭小的房间里堆放许多花草、金鱼缸、假山。我的一位朋友，还在自己的卧室内放置了许多古典雕塑，最为极端的是一位很有钱的老板，他甚至在房里修了些小桥、风车、人造瀑布，把一个家塞得满满的。而最一般的家庭也会在阳台上种些花草和植物，大部分的装修当然是毫无节制，但也说明中国人的确是比较注重内眺形式的。

在朋友家中住了三天，白天坐在一间"看得见风景的房间"里，晚上睡在一间"看得见月亮的睡房"。房间几乎是没有墙壁的，到处都是大玻璃窗，放眼望去，一片青翠。我深深地感受到西方人的外眺习惯和西方人观念中从内向外的扩展意识，即使是四面围合的墙和用作屏障的门，都无法阻隔的。这也可以从他们不爱锁门，畅通自由的居所中看出。

美国建筑师密斯甚至还设计过一个全玻璃方盒子的别墅，完全没有墙壁，似乎只是为了阻隔风雨才在四周安上了玻璃幕墙。在房间里的各个角度，都可以坐视外部自然景色，树林和灌木仿佛直接进入了房间。密斯全神贯注于结构和形式，对住宅的功能和私密性完全不予考虑，为了与自然环境相得益彰，他甚至反对在门外装纱门，直到自己倍受蚊虫叮咬后，才同意业主挂上纱帘。我发现西方人对自然有一种天生的占有欲，当面对自然本身时，他们有一种强烈的君临感。而东方人却并不这样认为，并不认为一定要用森林来表现森林，也不一定要用河流来表现河流，而是用象征的方式，抽象其精神。

我曾经读过日本著名建筑师安藤在大阪旧区拥挤杂乱的环境里建造的"住吉长屋"方案。他完全采用了东方内眺式的思想，既考虑东方人注重私密的心理，又保证了在居住中接触大自然的效果。他在完全封闭的四方盒子里，设计了一个采光天井。各个房间都面对天井，而天井又联向各层楼梯。人在房间里行走时，能通过天井接触空气、阳光、风雨。我非常喜欢这个方案。试想霏霏细雨中，手执雨伞穿过天井，或者索性不用雨具，使身体直接接触风雨，从建筑的各个空间进入自然的空间，在自己的一方小天地里，领略自然界的四季变化，这将是何等愉快的事。

中国的古典园林里，也是遵循一种寂照的方式，审视世界和自然，这种方式通过"写意"的手法，来融合宇宙和涵蕴自然。与西方人不一样的是，中国人观照自然的方式，也是"写意"的。曾读过唐朝诗人李端的一句诗："焚香居一室，尽日见空林。"一炷香、一静室，足可漫游宇宙、寄意山水。可见中国古人并不需要直接进入自然，只是凭借丰富的想象力，以一池水代表沧海，以一假山代表林壑气象，以一片石代表数峰。人坐在室中，向内眺望，则可与宇宙自然灵犀相通；体现了中国道教神与物游和禅家心与境寂的境界。

所谓"行到水穷处，坐看云起时"，这是一种何等的境界，非古人莫有，今人模仿也难。此中的"行"与"坐"，正可看作古典园林之精神记录。昔白居易嗜石，任杭州刺史三年，据称北还时"唯携二石一鹤"。千里携石还家，并珍为宝物："归来未及问生涯，先问江南物在耶？引手摩挲青石笋……"他是否正是以一石忆江南、以一鸟齐天地？这一小小的石头里，包容的自然之趣，隽永内涵，岂是西方人占尽天时地利的广阔空间所能比拟的？白居易是中唐著名的园艺家，他在诗中多有对园林建筑的认识："有意不在大，湛湛方丈余……""澄澜方丈若万顷，倒影咫尺如千寻。"白居易的观点，在当时几乎代表了所有中国文人的建筑观，并对他以后的士大夫隐逸文化产生了久远的影响。

　　安藤在他的建筑中，建立了人与自然的新关系，灵感来源于日本园林的内眺传统和枯山水的意念。枯山水中，以白砂象征湖海，以梳理过的白砂纹路象征波浪，以石块象征山峦的意境，正是来自中国禅宗文化和唐代园林的影响。不过，日本枯山水去掉了中国园林中繁复堆砌的意象，比较起来，更接近禅宗"物我合一"的境界，表达也更抽象，更接近内眺本质。

　　在小时候，读过《五灯会元》禅师悟道时，说过的一段话，那时我还太小，完全不能领会其中的含义，但却印象深刻。长大后我常常想起，觉得在不同的领域里，均可用这段话作参考。他的原话是这样的："老僧三十年前未参禅时，见山是山，见水是水。及至后来，亲见知识，有个入处，见山不是山，见水不是水。而今得个休歇处，依前见山只是山，见水只是水。"

如果借用禅师悟证过程的这三个阶段，来评说东西方建筑中内眺和外眺的观照方式，我会觉得：西方建筑中贯注的现代精神，向往"无尽空间"的外眺方式，是第二种所谓"见山不是山，见水不是水"的阶段。这种外眺，将自然作为感应的载体，并刻意用语言表达对"无限"的关怀，在人类与自然之间建立一种和谐的秩序感。而中国古典园林和安藤为代表的东方现代建筑中，表现的内眺方式，我觉得是"依前见山是山，见水是水"的第三种观照方式，这是一种接近禅意的方式；也是一种直觉体验式的抽象方式。安藤在建筑中注入的自然，是更抽象的自然，但也是更接近本源的自然。而中国写意园林中，以一身一心充塞天地的把握，则是一种内眺的最深层方式。中国的某些现代建筑，尤其是那些仿古伪建筑，则完全是第一种普通观物方法：见山是山，见水是水；见琉璃瓦是琉璃瓦，见欧式尖顶，则只是欧式尖顶。毫无任何抽象能力，这类全无智性的建筑，不见最好。但是恰恰有很多这样的建筑师、有很多这样的权威、有很多这样的甲方，以至于有很多这样的伪建筑。

有一天，我看电视报道北京西站落成典礼，照例又是穿西服戴瓜皮帽，一个中西结合、老生常谈式的方案。晃眼之下，我差点以为是北京东站的再现。据说有人要求主要建筑必须一律戴上中式大屋顶，于是沿长安街一线只见这类东西。建筑界有人感慨道：也许以后瓜皮帽可以不戴了。

　　说到中西结合，安藤忠雄在他的现代建筑中所坚持的"东方精神"，是含蓄和经过他个人意志整合的，也是抽象化的。而不只是在建筑本质上趋向简单化。李笠翁对此曾有灼见："因地制宜，不拘成见，一榱一桷，必令出自己裁。"又有："上之不能自出手眼，如标新创异之文人；下之至，不能换尾移头，学套腐之庸笔，尚嚣嚣以鸣得意，何其自处之卑哉。"古人早已有此高论，至于中国建筑如何从精神上步趋前人，借鉴西方，然又"出自己裁"，恐怕不仅仅是建筑师的问题。

1996年2月

九十九间半

　　偶然在一本书中看到：南京有一最大的清代私人民居——清代著名文人、藏书家甘熙的故居，俗称九十九间半。大约取其住宅的间数，因为按当时的皇家规矩，民间住宅不得与王族勋戚相匹敌。当时的限制便是一百间，而甘熙深谋远虑，不敢妄僭，因此取其九十九间半，也许便是此意。据说这座旧宅最能反映江南民居的特点。

　　到南京后，很想前去看看，于是便问南京的朋友，意外的是谁都不知道有这样一个地方。于是又问甘熙，居然也都不知道甘熙为何人，我就开始揶揄朋友不懂国学。其实我在读这篇文章之前，也不知道甘熙为何人。说起来对他的祖先甘罗倒还有几分知晓，从小读到的一些书上，常说甘罗十三拜相。大人们也都常用这一人小志大的故事，来鼓励我们。至于甘罗的后人，《三国演义》中的折冲将军甘宁，那也是男孩们才能记得的人物。我对甘熙故居的兴趣，全在于那九十九间半的晚清建筑。我很想看看那占地一万多平方米的九十九间半的房子，是怎样变化有致，建筑布局是怎样跌宕起伏，六组多进层叠的穿堂庭院，是怎样沟通九十九间半房屋和其中三十多处天井，以形成南京城里最大和最完整的古建筑群。

直到临走的那一天，我们还没有打听到甘熙故居的详细地址。有四个地方供我们去寻找：一说是在夫子庙附近；又一说是在钟山旁边；还有说在某个大家都不会相信的地方；最确切的地址是南捕厅十五号。书上这样标明的，但又几乎无人知道南捕厅在什么地方。一位朋友劝我们别去找了，他说：肯定不怎么样，要不为什么都不知道。我说：你这一说，我就觉得九十九间半更好了，就更不甘心了。好在朋友朱文在多方打听之下，终于弄清楚了地点，于是，他带着我们在有限的时间里，赶至南捕厅。

走进一条小巷，在一个安静和古朴的红漆铁钉大门边，我们看见了南京民俗博物馆的牌子。购票入内后，二进院中的文人书斋馆，就设在原来的轿厅，即宾客下轿主人迎客之地。如今这里是陈列室，展出一些与南京有关的民间工艺品和一些民俗物品。二进院中的偏院，写有"请勿入内"的字样，我伸头进去看了看，偏院中设有花坛，栽植着一些玉兰、海棠等花木。旁边有一座二层小楼，红漆木栏，轻盈通透，不知是不是书中介绍的聚贤楼。甘熙曾在聚贤楼里，与同辈学者商议收集乡土文献，并在此著作《建康实录》和《白下琐言》等地方志书。

再往里面走，就到了第三进的大厅。这大厅是过去甘熙接待宾客、商讨大事的地方。大厅开间宽阔，通体透敞，设计颇为大气。梁枋与格扇门上都有木雕，刻有种种花鸟虫兽、山水人物。从偏院的一个小门望进去，是一个不到五平方米的小中庭，现已废弃，堆放着些青瓦。可以遥想：当初这一小块庭院，却也是充溢着氤氲声影，咫尺之间，也有着分毫析厘的审美意趣的。

　　当我们直走进大厅后的院子时，不禁又吃了一惊。原来这里却已成了一个大杂院，住了许多居民在此。看见我们进来，都以警惕的目光盯着我们。院子里乱七八糟地堆放着杂物，四处牵着晾衣物的绳索，早已找不着书中描述的曲廊回环、庭院幽深的感觉，只有周围高耸平直的灰白色火山墙，尚能找到江南民居的些许影子。

　　我在院子的四周看了看，九十九间半的结构复杂得像座迷宫。院套院的布局和传统的围合方式，在这一组一组的实空间中，又经营出许多虚空间。从一条窄得只能走一个人的小巷进去，曲里拐弯的，却是通向一个单独的中庭。可能只为采光而设，也可能只是一种形式感。墙和房子严密地围合着这实和虚的两块空间，在这里，实和虚都具有最大的私密性。一如我们以往所理解的格扇的推开和关闭、墙内墙外的窥视和交流、庭院对光线和风水的容纳与占据。正如白居易在《白苹洲五亭记》中曾说："大凡地有胜境，得人而后发；人有心匠，得物而后开。境心相遇，固有时耶？"当我们站在这座已不具有完整实体的空间里，在寂静和冥然中，体会"庭院深深深几许"和"灯火下楼台"那"境心相遇"时宽如天地的境界时，这种境界表达了时间和空间中可见和不可见的部分。

一座房子是一个介于形式和生活之间的地点；一座房子也是一个空间中站立的人的形体。在趋向上，它符合中国建筑文化的封闭的形式。

据说，甘熙一生博闻强记，懂天文，识地理，又兼精于风水堪舆之术。想来当初修造这座住宅时，也是精心设置和构建成的。所谓"入狭而得境广"的含蕴，在九十九间半中得到充分的体现。在一张甘熙故居的简介上，我看到依照原来故居旧形重新绘制的轴测图，这九十九间半的布局为六组五进，共六六三十六座大小不同的庭院，在原址的东南角，本来还有一座五百多平方米的后花园。当初这里挖池堆山，广栽花木；曲桥水榭，上有茅亭。如果说前边的多进庭院给人以抑的感受，那这座不大的花园，则使人的情绪逐渐过渡到扬的深远空间。这一抑一扬，本是中国园林建筑的常用手法，不过如今在这里却只能遥想了，因为放眼看去，这里已满满当当地挤塞了数十家人家。虽然简介中介绍将要在后花园的旧址上，修复假山茅亭和曲廊树荫，以供游人参观，但关于这种古迹的修复，我们已看得太多，不修复尚能给我们的幽古之心留一些悬念，一修，则百分之百地为我们提供一个伪劣古迹的证明。

我在这座现在的居民大院中来回行走，想要找到书中特意介绍的江南最大的藏书楼——津逮楼的痕迹。据说津逮楼始建于清朝道光年间，是特意模仿宁波著名的藏书楼"天一阁"而建造的。"天一阁"楼名来源于《易经》中"天一生水"之义；而津逮楼则相反，语出《水经注·河水》："河水有层山，其下层岩峭举，壁岸无阶，悬岩之中多石室焉，室中若有积卷矣。而世上罕有津达者，因谓之积书岩。"而其中"达"字，有戴震校为："达，近刻作逮。"于是甘熙的父亲甘福，便以此将他的藏书楼取名为津逮楼。

津逮楼的名气肯定不如天一阁响亮，津逮楼的藏书肯定也没有天一阁丰富。清代学者阮元曾说：范氏天一阁，自明至今数百年，海内藏书家，唯此岿然独存。阮元所说的"岿然独存"，自然不仅仅指的是天一阁的藏书，而也同时指的是天一楼本身在内吧。

甘熙的津逮楼既是仿天一阁所造，而甘熙本人又是晚清著名文人，著名的藏书家。想来当初此楼也是颇有名头，藏本和珍籍也是令人羡慕的。因此在当时它仍是整个江南地区最大的藏书楼。可惜的是，甘熙当年未能像范氏一样为藏书楼取一"生水"的楼名，以防火患。因此，在咸丰年间太平军与清军之战中，甘氏的津逮楼和后来又新加修的另两座书楼，一起毁于兵火。多年来苦心搜寻的珍籍和金石玉器等，都随之被焚。而宁波的天一阁，在同样经历了太平军的战火后，却只是被当地小偷趁乱偷了些书。天一阁本身，虽然几经劫难，却也一代一代地保存了下来，"唯此岿然独存"。同为现在的重点文物保护单位，天一阁至今仍成为人们去宁波的必然访谒之地，同时也是学者文人们钻研品读珍籍孤本的重要场所。而九十九间半故居中的津逮楼，却已灰飞烟灭，了无痕迹。

当我们走在这些已与甘氏家族毫无关系的大杂院里，甚至不会有人知道：这座院子与那座藏书楼的关系，如果这院子里尚住有甘熙的后人（在那场兵火余烬中幸存下来的部分藏书，后来经甘氏族人一同商议，捐赠给了南京龙蟠里国学图书馆，也就是现在的南京图书馆），他们只会感触津逮楼的衰败和毁灭，不仅仅与一个时代有关，也不仅仅与一场战争有关。那些在战火中被焚烧的书籍，那些成为灰烬的纸片，在当时就为这座古建筑本来的命运预先撒下了纸钱。

当我们走进大厅旁的偏院里时，发现这里已是几间办公室。一位中年人看见我们走进来感到很奇怪，我不禁问他，为什么不把这些遗迹恢复整理出来，供参观？他上下打量了我几眼，好像我是从火星上下来的人一样，又好像我问的是一个幼儿园的小孩都懂的问题一样，冷笑了两声说：我也想修复整理，可是谁给钱呢，你给吗？

我真的不懂这个幼儿的算术。想想看：一个人把一个时代的空间留在这里，一个过去时代的人把旧时代的空间叠加在现代；这是那个时代个人的能力。而现在，要保护前人所遗留给后人的财富，当然不仅仅是个人的问题了。这座房子已渗透了时间和历史的痕迹，从某种角度来说，它具有很高的价值（包括学术和商业方面的价值）。只是这种价值，尚不能用时下最热门的"钱生钱"的系统来概括。

走出九十九间半，确切地说，是三间半，因为我们尚能看出些许甘熙故居影子的，的确只有主轴线上的门厅、轿厅和大厅，以及现在被用作民俗展览的三间房子。回头看看剩下的那几十间现已分辨不出的旧宅，它已被周围那些现代都市的冷漠身影所渗透，被那些大杂院里喧闹繁琐的日常生活所粗暴地淹没了①。我想起某位艺术家或者是某位建筑师所说的话：一座房子是一个可以被伤害的形体。

1996年10月

---

① 从参观甘熙故居到现在，好多年过去了。在与时俱进的经济浪潮中，许多这个那个的故居也都被重新修复了。当然，更多的故居却被这个时代最有力量的象征——推土机给铲平了。甘熙当然算不上什么名人，他的故居又有何存在价值？按照眼前的逻辑推算，十之八九也付之一铲了。有时候想起来，还想着如果某天再去南京，一定去证实一下这个悬念。

请听万物倾诉

寂静有时不是无声的。

最轻的声音可以占据你心灵的一角，缓缓地、盈盈地摇动着，如一汪止水般平静而耐心，轻轻洗去你内部的浮躁和外界带来的干扰。

我们每天生活在一个超高的噪声网中，那永久的来自各种各样的、机械的、人为的、由于摆脱不掉而最终成为习以为常的噪声，现在已是我们的生存背景。技术和科学对自然的掠夺、人类自己对存在的毁损，都已变成见惯不惊的事情。

什么时候起，我们已经听不到来自自然的声音，在我们幼年时，叽叽喳喳飞过头顶的麻雀的鸣叫已被弹弓、沙弹和除四害的吼声驱赶了；而午休时躲在桉树上聒噪不已的蝉声，也已随着被砍倒的树木消散了；至于童年时勾得我们无法入睡的深夜蛙鸣，也早已被搅拌机巨大的轰鸣声击碎了。

剩给我们的还有什么呢？除了巨浪一样淹没我们耳朵的喧哗和噪声，马达声、敲打声、吵闹声，夜深人静时，推开窗户，我们仿佛住在一个巨大的工地上。

当我们的灵魂欲俯身倾听时，我们能否听见那些有名和无名的事物被淹没的声音。

偶然，在"发现"频道上看到，一位美国人，我们日常所见的爱嚼口香糖的美国人，肩挎录音设备，在几年的时间里，走遍全世界。去收集大自然的各种声音：密林中的鸟鸣，刮过荒野的风声，尼亚加拉大瀑布湍急的吼叫，野兽的奔跑。这位自然之声的收集者，痛感属于这个世界的万物的声响正在日夜流失，不复再来。他用一只录音话筒，试图留住它们物质的声音，然后在某个需要的时刻，把它们释放出来；就像两手拢成一团，捧住一只鸽子，然后朝向天空，放飞了它，使它重又回到自然之中。

几年以后，那个美国人甚至去了东方一座城市，在那里住了三天，他录下了大城市的喧嚣，汽车的轰鸣声，马达声，人的吵闹声，还有和尚诵经的声音。三天后，他离开了这座城市，长期浸淫于自然之音中的他，耳朵已爱憎分明。都市尖锐而嘈杂的响声，穿透了他的耳膜，使他再次逃亡。

一个夜晚，在一座深山，有一位朋友依山傍水，结庐在一块巨大的岩石边，我和几位朋友在他那巨大而不铺张的客厅里，举杯同乐，兴致高昂。酒过数巡后，话题变得晶莹剔透，如一条滚动着的钻石项链，又像一首节奏明快的小诗，循环往复地在我们的舌尖上跳跃。酒帮助了我们表达思想的愿望，也推倒了我们内心那易碎的、并不结实的墙。尘世和我们每天生活其中的噪音远离这里，剩下的只是几个朋友的低沉亲近的声音：如同清风倾诉，又如同波浪滑过，潺潺水声般细小，秋叶坠地般引人入胜。

这是抛开日常喧嚣的、难得的一刻，是灵魂内眺的一刻，是几个友人自成的夜空：水声、风声、谈话声。它带来一个过去时代的幻影：古人所说的"四美"：良辰、美景、赏心、乐事。更兼得备"二难"：贤主、佳宾。一切当如古人王勃所言：四美具，二难并。现代社会空间和距离已大大改变，"二难并"对现代人来说已是容易之事，但"良辰、美景"，早已不是"清风明月不用买"的时代了。有一张漫画画得很有趣，有趣得让人心紧，画的名字叫"未来的高消费"：未来的一间餐馆，女招待和男顾客都戴着防毒面具，窗外是一片被污染的大气层，男顾客手拿菜单说："请来一瓶陈年老气。"不知道在将来，我们被噪音严重损害的耳朵，是否也要付出高代价，才能从类似前面那位先知的"自然之音收集者"那里，买到各种各样的万物之声。

酒过半酣，耳热面红，我悄悄踱出门外，朋友的山居紧靠着一条小溪，山泉从巨石缝中倾泻而下，流到朋友的门前，正好在此形成一个小池塘。此时山高月小，林深鸟栖，万籁俱静，只听见泉水跳过沟坎跌入池塘的丁冬的声响。这是一种和谐：一切都存在，睡眠、死亡、黑夜、永恒和短暂的寂静。一切又都不存在，仅仅是树丛灌木的呼吸，溪水碎裂的幽响，清风飒飒的节拍，土地默默运行的声音，它们并不栖止，而是暗暗滑行在这潮水般涌来的大片黑暗中。从欢快的房间，从烧得正红的炉火旁，从曼声轻嘘的歌声里，走到一片黑暗、一片寂静中；聆听天籁和未被污染的清新，于是感到那来自自然深处的声响能穿透最坚硬的内心。总是在这种时候，人才能清醒地再次领悟《法华经》中那一句真诵："大千世界，全在微尘。"

深夜，睡在朋友那间落水山庄里，耳边是的的确确"点滴到枕边"的泉水声，它由于幽远而越发清亮，由于清亮而越发催眠。还有微风轻轻扫过树叶的声音，好似新夜的每一声叹息，似乎星辰若有若无的飘移，都掠过一阵雾气般美妙的叮当之声。这时耳朵所获得的感受和比平时倍加敏锐的听觉，又真的让我体会：的确唯有古人那静如止水的心态，方能进入"虫声新透绿窗纱"的清冷境界。

住过这间房子的一位朋友曾说：他在某夜听见过一种他从未听过的尖利的啸声，类似女人的凄厉的呼叫，又如鬼叫般让人毛骨悚然，彻夜辗转。后来才从山上人口中得知，这是一只受伤的麂子，被猎人追赶至此后，发出的垂死时的哀鸣。朋友还说：在这以后的几天里，他在深夜仍会听见另一只母麂寻找伴侣时所发出的同样的叫声。我在深深的呼吸中，静听有无这样的声音，当然没有，以后也更难听到。在这个世界上，人与动物的相处，已再也不可能像自然之初原始合一的欢乐，动物的声音也将越来越稀有。它们或者会被人类猎绝，或者会远避绝岭，躲开尘世与敌人。

电影《邮差》是这几年里让我久看不厌、感动不已的影片，不仅仅因为电影描写了诗人聂鲁达流亡意大利的一段为人熟知的生活，最让我感动的是那位小人物邮差；那位每天骑着自行车为聂鲁达送信，敬畏诗歌并从此爱上"明喻""暗喻"的小伙子，他以朴实的方式、真诚的心，重建了诗歌的浪漫。在他爱恋的姑娘那儿，以偷来的一首聂鲁达的情诗，便获得了爱情。

一个邮差，一个最普通的人，在一个偶然的状态下，遭遇诗歌。事实上，他比诗人更有一颗贴近自然的心。在聂鲁达获准回国后，已与诗人建立了一段忘年之交的邮差，始终盼望着诗人的信。但是自由后的聂鲁达，被掌声和鲜花围剿，且忙于各种事务；意大利偏远地区一个小海岛上的涛声和邮差，被他暂时遗忘了。

那位不会写"你的笑容展露时像蝴蝶，你的笑容是玫瑰"的邮差，为聂鲁达写了他最好的一首诗。如果我把它如实地记录下来，你能说它不是一首绝妙的现代诗吗？

第一，是下海湾的波浪声，轻轻地——

第二，海浪，大的

第三，悬崖上的风

第四，灌木林间的风

第五，我爸爸忧愁的网

第六，教堂的钟声、哀伤的圣母，还有神父

第七，岛上布满星星的天空

第八，百必图的心跳（百必图是他妻子孕育中的胎儿）

邮差乘着渔船，拿着一个万能的方形匣子和一个话筒，在海上、在风中、在悬崖上、在教堂里，一次接一次，录下了一个小岛的心跳、呼吸、低语和呻吟；录下了渔网忧伤的歌唱、波浪永恒的旋律、夜空星辰的独白，以及一个开始的生命在母体中的动静。这是一首比诗本身美妙得多的诗，也是一个比诗人更寂静的普通人才能深切领悟的万事万物的密语。那是一个更为广阔的宇宙之声，它笼罩和涵盖万有，但却被最细小、最卑微的事物所包容，也被力量渺小、最不足道，但又是最心有灵犀的人所觉察。邮差在寄给聂鲁达的录音带中说："你曾叫我谈岛上的奇景，我什么也想不出来，如今我想到了，因此我把录音带寄给你……我原以为你会带走一切美的、善的事物，如今我明白你带给我不少的东西……"这是从肉体向外涌出来的诗的灵感，是发自一个普通心灵对自然和万物之声的感应，这感应来自诗歌对他的开启，来自一个诗人对他的影响，也来自神秘存在的事物对他的发掘。

宇宙中的一切事物，都比人类更长久。就像诗人里尔克所说：我们只不过是从万物旁经过，有如一阵空气的交替。空气最终将被蒸发，人类也只是过客般来来往往。只有宇宙间的事物永存，只有宇宙的声音依然存在，就像一个合唱的中心，同时也是人类与自然的聚合点。里尔克还曾说过：人类的呼喊其实不过"如蟋蟀的呼叫",生命的核心是内在的寂静。请听万物倾诉,请听自然言说,那是与我们最亲近的事物的心声。邮差朴实无华的心灵,比许多人更沉静,也能更深入地一窥那事物表面所呈现的美和纯粹的经验。因此,他在内心寻找诗的光芒时,不是用笔和纸,而是随手留住那从小喂养他、至今仍打动他心灵的声音,以一种更为静谧的方式,本能地聆听世界。

电影结束时,聂鲁达回到小岛,邮差已经死去,他站在邮差为他录下海浪撞击岩石之声的地方,心中涌出了如许的诗句:

> 就是那一年……缪斯找上了我
> 我不知道它从何而来
> 来自冬季? 源自河流? 何时何地?
> 不托文字更非沉寂
> 来自漫漫长夜
> 或是旁人的启发
> ……
> 它没有面容
> 但触动了我

1996年12月

庭院·诗·风建筑

一位业余建筑爱好者兼现代画家曾经这样说过：我们同时生活在两类建筑中：实体的和抽象的。我们终生出入于前者之中；而对于后者，我们永不可返回同一道门。因为这些门是时间。

由于生活中那具体的、显而易见的理由。我们对前一类建筑，总是忽略的、见惯不惊的。我们坐在屋檐下，唱着儿歌时，就对那为我们遮风挡雨的穿斗式的拱架，熟视无睹。当时间带着生活中那隐而不显的部分，秘密地、深入地，又是一夜之间，改变了生活质量。我们中间的大部分人，仍是一如既往地对发生在身边和四周的那些生活中的枝微末节和细小变化毫无感应，也不关心。从古至今，人们就是这样生活的：进门，关门，坐下，躺平。从未考虑过在我们头顶的一片瓦何时变成了钢筋混凝土的现浇屋面。也从未有人注意到水泥的灰色质地，同样提供给我们日常生活中触手可及的亲切、美、形式上的凝重和含义上的深远。

什么时候起，墙已不再是仅仅用于围合，它同时悄悄密闭了我们的内心。在夜深人静时，窗的开启和关闭，使我们想象、痛苦或惊喜交集。象征着家的想象——四面墙和一片顶，被我们借用、聚集和容纳……

两年前，我和几个朋友异地重逢。相约在一个著名的江南庭院里相见、喝茶、漫步。我们偶然走进那复杂如迷宫般的古典建筑里。那院套院的结构，使我们迷惑，使我们惊喜。我走进一个小小的内院，那是一个毫无实际功用的小小空间。二十平方米的院里，空无一物，地下是洁净如水洗的卵石铺就，青白二色。小径旁堆放了些许石块，一堆秋天的枯叶，散落在地上，有不多的一种萧瑟。左面墙上，是一小块扇面状的窗户。我从前最不喜欢这种扇面造型，它那酸腐的外形，让我联想起陈旧的酸秀才形象，更有一种雕琢之气夹杂其中。然而此时此景的扇状窗户，却是一种彻底的素朴清雅，衬在白墙上。透过小窗望出去，又是另一个盈盈小院。咫尺之间，弹丸之地，种植着数十株绿竹。风吹过，半截竹竿在扇状窗户后面摇摆着。疏朗中又得以受阻，倒更让人感到一种绵邈深远、富于变幻的层次在眼前展现。墙是粉白色的，带有时间的多层渍痕，水似的滴落至我们的脚下。墙和窗户，也是青白二色，绝不铺陈。时间之手，仿佛把每一世纪的空间，叠加在一个时代的空间上。它把人们的回忆和怀想之流、恋旧和审视之流湍急地过滤了一遍，从中打捞出一个簇新的地点。站在这个点上，我们能够最为清楚地看到，而不是想象：那个与时间同步的空间，就是每时每刻容纳我们之所在。

眼中有景，则实体的建筑，也会为之抽象。事实上，空间无所不在。当我们居住的地点，变得接近我们内心的生活背景时，几何构成的含义，遁形为无踪无影。建筑在我们眼里变得抽象起来，它的现实性、它日常生活的观点、它的私人情感，于是超过了它的本意。建筑与人的内心的默契，与我们居住的这块大地的默契，成为人诗意地栖居大地时精神上的主心骨。

当我写作时，我在纸上，建造我内心的存在，某种信仰在起作用。我着手写我相信或不相信的一些词语；或者说，我建造空无一物的实体。叙述在几个面上展开，对空间的领悟与参与，渗透在我的写作之中。一个朋友给我写信时说："你的诗似乎正成为一座剧院，读者进去了，被戏吸引，但又不得不跟这出戏保持距离。"重要的是，戏本身就是建筑的一部分。

曾经有一本谈建筑的书，剖析中国民间建筑中风水的存在因素。其中谈到峨眉山清音阁的必经途中，峡谷西面有一山坡，叫凉风岗，是一峰巅风口。在那风口之上，却有一变害为利、以风攻风的风建筑。它因风得气，独占天时地便，化解了进山朝香人的暑热饥渴。

十多年前，我常去峨眉山，清音阁是我多次流连之地。那峡谷间的山道过廊，我也颇有印象。每次经过此地，那凌空一面，悬空"吊脚"式的美人靠，是我必然的歇脚之处。当年宅主建造此建筑时，一反风水学上"凹风难尝"的风水禁忌。挺险风口，偏以风立意。利用山岗与山路上的空间和两面大壁而来的风势，使用中国传统的空间组合，更兼在堂、房和廊的处理上，都体贴进山人之心景。宅与风相互依赖，而又顺其自然，这正是中国民间建筑的古老信仰。也是我多次在一些田园民居的随意和天然中所看到的自成的秩序。

　　在国外，有位建筑师在谈到自然与建筑的关系时，也这样说过："气候是建筑形式的始祖。"有意思的是，另一本同样谈到风建筑的书里，举了日本建筑师安藤的风教堂为例子，以说明他那"把自然抽象化的作业"，怎样还原一种最根源的状态。与峨眉山的风建筑相反，它是在城市的毫无风源的地点，开宗明义，要融风得道，以风为源。因此他设计了用礼拜堂、钟塔和一条形成风筒的长长的廊道围合的几何体。廊道四十多米的长度、两端开敞的设计，人为地引入了流泻的风、无形的气。当人进入教堂之前，首先进入廊道，感受到风的存在。风成为人在都市中对自然的回忆和领悟。在风的立意和贯穿上，安藤自始至终赋予建筑日常生活的诗意，将其还原为元素的明晰可见的逻辑。

　　事实上，当我在阅读时，或在写作时，常常从字里行间，看到或想象一种构成。一种并非仅仅存在于天地间，或生活里的实体的建筑。我在它们中间，发现一些值得我注意的秘密。那些通常也贯注在建筑中的逻辑，它们超越了事物表面所呈现给我们的美。这个世界的幻觉与渴求，不单是通过越来越纯净，但又不得不具体到每一根梁柱的现代建筑语言来削弱；它也必须通过一字一句的文字，同样具体得犹如一砖一石的纸上建筑来丰富。混凝土的诗性与字词的空间，同样让我着迷，并相互综合和支撑了我个人写作中的美学原则。

就这样，建筑学所要求的双重性，被我们在时间里混淆了，时间成为我们对付逻辑的力量。于是，我们在一个基本的点上，追踪博尔赫斯的文字迷宫。又在同一个点上，踱步于我所崇尚的简单明晰的几何构成物中。

一天，我具体地走进了一座藏风纳气的建筑。一位词语的建筑师，用他遒劲的、半格律体的建筑形式和沉郁的混凝土色调，修造了让人叹服的文字空间。他有力的笔触刺激和威胁着我们的生存态度，他愤激的语调，像他笔下的阵阵烈风，刮过他用深思熟虑的结构和强烈色彩的意象构造的那座纸上的风建筑。泰特·休斯，英国的著名诗人。事实上，由于他与我喜爱的女诗人西尔维亚·普拉斯的不幸婚姻，由于他诗中令人不快的暴力因素，我一直并不太读他的诗。但是一首叫作《风》的短诗，却从一开始就让我着迷。来自自然界的威胁和建筑本身体量和空间的对抗，在一首二十多行的短诗里，不断变化和相互对峙；不像安藤精心设计风建筑里那人与风的和谐生气；也不像那空谷来风的吊脚楼边，天造地设、情景交融的依势顺风。而是黑夜中人与风的一次相遇，在空间的一点中，人与风的较量。是人性中的黑暗力量，与来自自然的无穷力量，唤醒了长期潜藏在我们身上的危机感。

"屋子／哗啦啦响着像精致的绿色高脚杯／风随时都会将它们粉碎"。那驰骋而来的风，和一座房子的卑微，最终没有改变一个人内心由日常生活的强力浇铸的内部空间。于是，就像我从一位现代画家的颜色中，看到他细致缜密的逻辑；从一位小说家的细节中，读到他苦苦经营的坚实有力的框架结构；或者从一位舞蹈者扭动脚踝、摇摆髋骨的基本姿态中，体味他线条明晰的变化瞬间。我从一首诗中感受到的东西，就像我从一座庭院中感受到时间的流动。从诗的一道门，进入建筑的一道门，同样既抽象又具体；时间被地点所支配，在某一瞬间得以返回。于是，整整一夜，我被那样的诗句所吸引：

　　我从宅边擦着身走过去
　　一直走到煤房门口。有一次我抬头张望——
　　穿过那股使我眼球凹进去的烈风
　　风把一只鹊扔得远远的，一只黑背鸥
　　像一只铁杆慢慢弯曲下来。屋子
　　哗啦啦响着像精致的绿色高脚杯
　　风随时都会将它们粉碎。这时

人在椅子里坐稳，面对着旺火
心头紧紧的，看不下书，不能思考
也不能说笑。我们望着熊熊的柴火
觉得房基在动摇，但依然坐着
看着窗户摇晃着往里倾倒
听见地平线下面的石头在呼叫

1996年12月25日

插图是美丽的

我不算最爱买书的人，也不算最爱收藏书的人。但是有一些书，却一直是我最喜欢的、看到以后就想买的。我指的是那种装帧精美，带有插图的书籍。可惜，这种带插图的书籍太少了。出版者宁肯在书中安排些各种各样的照片，或把封面弄得花里胡哨，也不肯请一个好的画家，设计一套好的插图。至于那些再版的书籍，更是去菁添芜。把从前那些精美的，有些甚至是把名家设计的插图去掉，另外加上些俗不可耐的图片。或是找些不入流的人，来另外画些不入流的插图，让人倒尽胃口。

记得最早留下印象的一幅插图，是一本精选的《宋词选》。里面有一幅雕版刻印图：柳永著名的《雨霖铃》的附印插图。图中画的正是：

都门帐饮无绪

留恋处，兰舟催发

执手相看泪眼，竟无语凝噎

画中一男一女，执手垂泪。山下有一扁舟，舟子翘首催发。远处是杨柳岸边，晓风残月。人像、衣袂画得简洁动人，构图深挚；与柳永的词一样，隽永清逸。柳永的这首词，一直是我喜欢的。这幅插图，也一直留在了我的心里。

中学时代看的许多外国书籍，都印有非常漂亮的铜版插图或线描插图。我记得读艾米莉·勃朗特的《呼啸山庄》时，有一幅很生动的铜版插图，不知是哪位画家画的。画着狂风暴雨的夜晚，一张可怕的脸，贴在房间的玻璃窗上。那感觉，就像我们在噩梦中看到的景象一样：寥寥几笔，画出了呼啸山庄的强烈的氛围，以及围住它的几百里沼泽和荒原的精气神。小时候，看这张插图时，着实被它的气氛所感染，对《呼啸山庄》充满了神秘之感。

当时，我的女友小春有一本《安娜·卡列尼娜》。我记得其中一页插图，画的是吉蒂前去赴宴时盛装打扮的情景。画中吉蒂身穿黑色晚礼服，手上拿着一个小手袋。吉蒂的脸，画得非常漂亮动人。我和小春都非常喜欢这幅画，常常爱不释手地翻看。一天放学后，我到小春的教室里去找她，看见她正伏在桌上痛哭。原来她心爱的吉蒂，被班上恶作剧的男生撕走了。没有了那张插图，连那本书，小春差不多都不想要了。的确，那时候我们喜欢插图，插图和故事本身是一体的、不可分开的。是插图给那些书增添了色彩和吸引力，也是插图把我们带入书中描述的种种神秘而不可知的世界。就如鲁迅先生曾说："书籍的插图，原意是在装饰书籍，增加读者的兴趣的，但那力量能补助文学之所不及。"

从前还看过许多古典书籍，如《绣像忠义水浒全传》《绘图今古奇观》《牡丹亭还魂记》等，都附有大量的木刻版画插图。小时候不懂"绣像"的意思，还以为古时的书和图都是绣出来的。长大了才知道"绣像"是指精美如绣的图画。明清时，刻书行业大兴，几乎每本书都必有插图，并都出自名家之手。湖上笠翁李渔在南京自设"芥子园"书铺，他刊刻的许多图书和笺简等，在当时影响很大，也流传至今。前不久，我买了一本李渔的小说集《连城璧》。我非常喜欢他的小说，几乎全都读过。我想：书中一定应该有同期刻印的插图；但是没有，不免有些遗憾。我曾看到过《连城璧》的木刻插图，在另一版本中，绘的是《谭楚玉戏里传情　刘藐姑曲终死节》的场面，画面小而紧凑。十多个人物表情生动，姿态各一。使用传统的散点透视，既画出舞台一角，又画出岸边诸多观者。选取河中藐姑将沉未沉，台上谭楚玉欲投未投之际。无论从哪一个角度看，的确都算一个极佳的构图。李渔本人是著名的戏曲家和小说家，且又以《芥子园画谱》传世。他的作品没有插图装帧，似乎逊色许多。

此外，明朝著名画家陈洪绶所绘《陈老莲绘西厢记》版本，也让我记忆犹新。陈老莲曾以擅长人物画著称，他所刻绘的人物图像，让人印象深刻。我买过上海古籍出版社再版的《西厢记》，其中，就附有他的插图。一幅《缄愁》，画得非常好。画中崔莺莺欲寄书张生，借旧时衣物托物抒情。人物画得神采飞扬，线条生动。画面四周，辅以枝叶花木衬托，且画得笔法精到。整个繁复的画面，均用工笔手法细细描画，深沉而又优雅。与剧中"系春心情短柳丝长，隔花阴人远天涯近"的诗句一样，可称为千古绝唱。

中学时代，给我留下印象的，还有一本史蒂文生的《金银岛》。书中也有许多钢笔线描的插图。那个拄着拐杖的海盗"独脚海上漂"的形象，画得很传神。而书中那些波澜迭起的场面，都具有浮雕似的戏剧效果。在很多年里，让我常常想起。

在纽约，我看到一本非常漂亮的维多利亚时代女诗人的抒情诗集。封面，是英国著名的"拉斐尔前派"画家加·罗赛蒂的作品——那幅著名的《白日梦》。加·罗赛蒂的妹妹克里斯蒂娜·罗赛蒂，是当时英国很有名的女诗人。罗赛蒂曾为其妹的诗集专门设计了插图。书中每一首诗，都配有一幅印刷精美的"拉斐尔前派"画家的名画。每一首诗下面，都有漂亮的题花，非常古典。我买了一本带回来，梦想有一天，也能出一本这样漂亮的诗集。

1996年，成都出版社约我的诗集时，我以为机会到了。赶快把这本书拿出来给编辑看。谁知一看，他告诉我：大概永远不可能出这种类型的诗集。因为成本太高，诗集不可能赚回钱来。

诗集不可能有漂亮的插图，小说又要招徕读者。那些美丽的插图，就不大可能在书中看到了。

我常常感叹早年读过的书，现在，再也找不到那种漂亮版本。有时候，好不容易看到一本想买的书，却又被再版后的新插图吓得撒手。它们通常会是些与书中内容毫不相干的照片，充满了各种暗示。而这种暗示，往往引导读者至一个与书中内容相反的方向。

1989年，沈阳出版社出了一套《中国当代女诗人抒情诗丛》。其中，有我第一本正式出版的诗集：《在一切玫瑰之上》。我还记得，第一眼看到书时，我几乎不敢相信是一本诗集。在一种主调为粉红的背景下，一朵俗艳的玫瑰、一个女人俗艳的大红嘴唇，带有充分的暗示性。我气得把手上的诗集，一撕两半。很长一段时间，这本诗集，弄得我不敢多看，更不敢送人，且生怕别人提起。后来，我拿到最后两百本书时，决心自做一个封面，挽救这余下的作品。我选了一幅著名建筑师的建筑草图，那时，我正痴迷现代建筑。当时，我最喜欢的建筑艺术家是利贝尔·金德。手边正好有《利贝尔·金德草图集》。他那些富有想象力的线条和带有无限功能的广大空间，是对我诗集中分裂和失控的内在意识一个绝好的注释。我选了其中一幅，作为诗集的封面。

我把利贝尔·金德的方案图重新组合，加以拼贴。我刚学会电脑，正好一用。于是，用电脑打出不同的字体。这样，就有了我的新封面，我把它们包在原来的封皮上。我喜欢能让自己在这个制作过程中，体验一种文字之外的美感和趣味，那也是我第一次尝试到手工拼贴单纯的愉悦。

朋友钟鸣的文章写得漂亮，他也爱自己设计和制作封面和插图。他常常在写一本书之前，先拟定好目录，并设计好封面；利用电脑，制作成一张非常完美和漂亮的封面效果图。让人见了，马上可以想象书完成以后的状况。这时，他才能正式地进入写作状态。

钟鸣也喜爱收藏带插图的书籍，以及各种装帧精美的书籍版本。有一次，他听说省委党校图书馆要处理一批旧书，就约我和何多苓与他一起去。

在图书馆，我找到一本《普希金选集》。那是一个老版本，老到比我的年龄还长几岁呢；但在小时候，曾经读到过。里面的诗，我也曾抄写过。这个版本里的插图，都是三四十年代流行的写实主义黑白木刻。其刻工细致丰富，精美无比。我赶紧收入囊中。至今，这本老版书，还立在我的书架上。不时地，被我拿来与人炫耀一番。

很快，钟鸣发现了一本带插图的《安徒生童话集》。那是1955年由人民文学出版社出版的、叶君健翻译的版本。何多苓看得眼热，声称：这是他小时候读的第一本童话书，是他的童年情结。他央求钟鸣把这本书转让给他，钟鸣只得被迫割爱。接着，钟鸣又找到一本《王尔德童话集》。这时，带我们去买书的王家林，马上跑过来，声称此书也是他的童年情结，希望钟鸣再次转让；钟鸣悻悻地说：惹不起你们两个童年情结。转身去找别的书。

那天，我们收获颇丰。这一大批旧版书，至今还在书架上，成为我书房中最重要的风景。

那本《安徒生童话集》，也是我小时候看的第一本安徒生童话。里面的插图都是水彩画，插图作者是丹麦的画家阿·马蒂埃生。当我从钟鸣手中接过这本书时，我看了一下书后所附的图书借阅卡。第一位借阅者，是1955年读的这本书。最后一位借阅者，是1978年借的。1978年以后，再也没有人借过这本书。

多年来，何多苓一直在寻找这本对他影响至深的书。从钟鸣手中抢来这本书后，何多苓把它放在了家中最显眼的位置，跟国外带回来的古董放在一起。有的时候，我也会拿出来翻翻，看看我小时候最爱看的那些插图。那幅画着"接骨木树妈妈"的水彩画，下面有文字："许多年过去了，现在他变成了老头子，跟他年老的妻子坐在一棵开满了花的树下，两人互相握着手。"小时候，我总要仔细看那棵画中的接骨木树，寻找那个坐在树上的小姑娘。

现在，许多年过去了，我早已不是爱看童话的小姑娘了。有时候我看着这幅精美但又沧桑的图画，会想起"接骨木树妈妈"说的话：这些东西，你永远也忘记不了。

1996年

逐水而居的人

上　篇

在成都西边，出羊西线，就是犀浦了，从犀浦镇镇政府住右，拐一个急拐，再前行两公里，就是石亭村。

三月，"菜花黄，明月东方日西方"，这一日本俳句，正可以描述川西平原此时此地的天地和谐。石亭村离镇似远不远，周围也没有乡镇企业，虽有一些近郊免不了的富裕象征——瓷砖房子，但终不成气候。外环线在离石亭村五百米以远的地方，正好与它形成一个生态隔离带，府河的旧道缓慢地从中流过。

一条碎石机耕道通向乡村的更深处，在路的右边，抬眼就能看到一座灰白方正的建筑，它像是一个大体量的物体，坐在水边。

何多苓工作室不像一个意想中的工作室，建筑的尺度和空间比例，都更像一个美术馆。从左边的楼梯可上到二楼的天光画室。从客厅右转，则可通达中庭。在青色瓦板岩铺就的天井中，独立着一株高大的玉兰树，四季分明着凋谢枯荣的自然情态。紧靠内屋，是一个窄长的水池，夜晚月明星稀之际，让人想起辛弃疾的词："涓涓流水细侵阶，凿个池儿，唤个月儿来。"如果池边不用落地玻璃门隔开，落雨天就是"阶前雨点点滴滴到天明"的另一番景象。

二楼左边的书房，是一个适宜而生动的场所，大而明亮的窗户外，正好可望到府河拐弯处。

选择这里作艺术家工作室，对画家来说是理所当然的，自从有了这个工作室的念头，尤其是有了这块地，何多苓曾仔细研读了大量建筑课程（用他的话说是相当于进修了建筑专业课程），并不止一次私下悄悄设计了数个方案，但最终还是将他的那些原始图纸，束之高阁，而一心成为他自己所说的"全国最佳业主"。从征地开始到实施设计，其间经历了将近一年时间，一个设计师和一个业余发烧友，对未来的建筑经过了反复的磋商，终于修成了这座已成为建筑经典的作品。自从这座建筑在国内和国外的一些展览上露面之后，总有一些建筑系的学生前往参观。

大到场地的安排，小到家具的选择和一棵树的位置，何多苓都要经刘家琨批准。在朋友们看来，丧失自我，迹近怪癖。他私下解释，他对建筑旨在欣赏，而不是入住。所以他要求的是建筑学上的完美，或者说，他认为建筑品质的完美就是舒适。他宁肯在好建筑旁边，再修个小房子住下，就近欣赏，此为更大的怪癖，暂且不提。

工作室建成后，已有不少人前往参观。何多苓没有在旁边修小房子，但也没有搬进去居住，而只是满足于来来往往于繁华都市与宁静乡村之间。有一阵子，他也在楼上的天光画室里，摆起画架画了一些小画。夏天的时候，何多苓也会呼朋唤友地前去喝茶、晒太阳，更多的时候，是一头扎进一池浅蓝的池水中游泳。何多苓不在的时候，为他守门的黄大爷就承担起接待参观的任务，一来二去，黄大爷也弄懂了许多建筑术语，不时地还会对建筑系的学生，来上几句。

何多苓的进一步打算，是将这里发展成开放工作室，开展跨学科、跨艺术门类的文化交流活动。2002年夏天，他与刘家琨一起，在这儿举办了"专业余"的展览。他自己的作品，是一个观念摄影，在相纸上，他把这座别人设计的建筑，重新设计了一遍，用电脑合成了一座"纸上建筑"；终于满足了一下自己的设计欲。

中　篇

现在被李小明暂定名为"近水居"的这座建筑，以前是为一位作家而建；所以，房子以三个安静的正方体为主体，一条坡道，时明时暗地贯穿于这三个正方体之间。

房子后来被画家、广告人李小明所购得。李小明原意也是喜欢近水而居、自然为邻的居家生活。而且，作为一个最早进入广告界，现在处于他自己所言"半退休"状态的人而言："居"是房子最重要的内容。将房子定位于"家居"后，李小明也就大刀阔斧地对原建筑进行了改造。

在那三个正方体的侧面，李小明加改了一间工作室。大面积，高空间的工作室里，两侧都是落地玻璃墙。一边可以看到旧府河缓慢的流速，另一边可看到他自己挖的池塘里红色的鱼群。这些红色的鱼群，还会顺着一条长形的水甬道流进客厅，流进客人坐的沙发。这也是李小明改建的得意之作，遇有客人前来参观，不仅是李小明本人，连同帮他守房的黄大爷，也会如飞地前去打开水管，让水从李小明设计的一个玻璃水瀑布上，流珠溅玉，倾泻而下，搅乱一池净水。潜伏在水底的鱼儿，则顺水而动，游向四方。

为了满足宝贝女儿青子的童年情结，李小明特意在河岸干处，在一棵巨大的树边，用原木搭建了一座"树巢"。夏天的时候，爬上去躲一阵荫凉，让许多成人也觉得惬意。李小明也是为自己的童年搭建的这座树巢。因为，这几乎也是他自己童年时的童话梦想。李小明很想在女儿身上，把自己童年丧失的东西补回来，许多改建和装修上，他都是以一个儿童的视点来理解居住：诸如沙坑，假山等。

从好几年前开始，李小明就开始收藏古董。他的收藏也与"居"有关：他钟爱收藏明清家具。据称他最好的收藏都在北京，而不远万里从北京运过来，安置在近水居的这些古家具，想来只是他收藏中较为日常的部分吧。所以，他也用它们来装置自己的居所。古旧的案桌，凝重的铁环大门，还有被改成沙发的旧床，这些东西放进现代风格的水泥建筑中，有着一种显著的新旧参照的对比。虽说近年来，这样一种风格的装饰格调，已屡见不鲜，但李小明仍是在细节上考虑，使一些细部处理略有不同。

近水而居，让人的心情也变得宁静和清澈，李小明在近水居的日子，颇有出世之感（虽然只是一些片断和瞬间），他开始审视周边的自然形态。"不动如如万事休"，在无事的日子里，聚精会神的观照，分享自然的情感；他的情趣也开始为外物的姿态所改变。他在近水居关注虫虫鸟鸟的动态变化，在云起的日子，可以看到河里水纹的变化，在风清的时刻，可以观察鹭丝的飞行轨迹。河水时清时浊，鸟儿时来时往，日子倒也有点悠然见南山的味道。只是天气越来越冷了，李小明免不了还是要回到城南喧闹的地方去。

下　篇

十来年前，我在南郊的一个雕塑工作室里，认识了朱成。他是成都艺术家里，最早建立个人工作室的人。朱成当时是非常有名的雕塑家，他的作品《千钧一箭》，得了《中国首届体育美展》特等奖，以及国际奥委会颁发的特等奖，又被送往瑞士洛桑的国际奥委会总部，作为永久陈列。此外他也已制作了一些大型城市雕塑。

几年后，他在成都西郊另辟了一块地，有了一个更大的工作室。于是我也与朋友们一道，半参观半休闲地去过他的工作室若干次。

这一天，我与广东来的摄影师白川，再一次去朱成工作室。白川要做一个艺术家工作室的专辑。

朱成的工作室建在水边。与何多苓工作室不同的是，这是一条水势汹涌的河。即便是在冬天，也水流湍急。看来是不能在河里游泳了，他就在院子里，自己设计了一个腰子型的游泳池。我常常开玩笑说：你的手臂一定是一边粗，一边细。因为游泳时，需要不断地向另一边拐弯。但是朱成也不想浪费水资源，因此，他在过去修建的二层楼上，又搭建了一个违章建筑，作为陈列室。从这里可以望出去，直看到对岸。

早就听闻朱成的工作室要被拆除了，可是，这次去，看见他三楼的违章建筑上，又用钢材料伸出去一块小平台。这块小平台，好像架在树梢上，正好可用来眺望急水阴天。据朱成说，有许多人申请想在这个小平台上打麻将，被拒。他对我和白川说：我这儿是用来听水和独坐的。他看了看我，又安慰似的对我说：也可以在这儿阅读。

抬头往上看，原有的二层楼被违章搭建到四层，令人对工作室的高度表示疑惑。这时，朱成抬出著名建筑师刘家琨的评论来论证工作室的可靠性："三楼有些悬，到了四楼，觉得又安全了。"我们在四楼轻型材料搭建的大空间中，感到这儿真正像个工作室，并且，是看得到水的房间。趁刘家琨不在，朱成又自我表扬道：许多人看了我的四楼，都觉得这个工作室设计得特别好。当然，朱成工作室的所有"违章建筑"，都是他自己亲自设计和施工的。看来，他的最大特点是敢于混合使用各种材料。

我和白川被允许坐在平台树梢下喝茶，我说：听说最近要把沿河五十米内的房子都拆掉？朱成气哼哼地说：这不是拆一座房子的问题，这是拆一个博物馆的问题。

看来这座工作室有点保不住了，我劝白川赶快多拍点图片。一个民间博物馆，说没有就会真的没有了。

近水，近土，又近乡。有一段时间，朱成的工作室不但石头遍地，而且鸡犬不宁，他还栽了不少菜蔬、草木，满目的花和满院的树遮天蔽日，把工作室都遮得不见踪影了。六亩地的院子，除了还摆放了无数的石刻雕塑作品，就像个真正的农家房屋。这一段地主式的居住时间，直到有一天他突然宝贝式地收藏了一大堆石刻古董，他的一亩二分地，被迫要划分一大块出来作为展厅，不得已，鸡鸭鹅鱼才得以退让。

作为一个在成都已大有名气的雕塑家和小有名气的收藏家，在这个近水的工作室里，朱成几年前如愿以偿地在一楼建成了一间私人展室。展示他近年来的架上雕塑和一些小型木雕、铜雕，以及他那些历年来所作的获奖作品的复制件。在二楼，则横七竖八地堆满了他从各地搜罗来的各种民间工艺品。陶瓷，青花瓷盘，雕花窗棂，各种民间绣品，纸品，各个民族的面具，多得让人怀疑其真实性的汉砖，最后，是整个拆掉的房柱，斗拱，屋檐，足够开一家民俗博物馆，让人眼花缭乱，嫉妒横生。

在上世纪80年代中期，人们尚未有任何收藏概念（更别说收藏能力了）时，有一天，在朱成的家里，我看到了他当时已颇具规模的各类民间工艺品收藏。当场就把我未来的收藏兴趣彻底毁了。从那以后，每一次我去他那儿玩，或把他的场所当作成都的旅游景点，带着朋友前去游览时，看着我的目光游移在他那些宝贝上，他总是安慰地表示：一定要送我一件精品。直到现在，这张空头支票仍未兑现。有时，我会不无怨气地想到：他可能从未真正打算兑现这番许诺。

我非常喜爱李清照晚年为赵明诚的《金石录》所作的跋文，结合到对朱成的收藏的绝望心理再读，我认为是谈收藏最好的一篇散文：《金石录后序》开篇一句"呜呼"，结句一句"呜呼"。道尽了聚散终归一空之势。她说的："有有必有无，有聚必有散，乃理之常"，更是让我对世间一切收藏、得失和聚散，一路思考下来，终至虚无。

前几天在白夜，与朋友在一起时，又说起收藏。朱成用耸人听闻的朱氏语言，描述他最近收藏的一部汉代铅版《华严经》："有了这套经，我再也不用收藏别的东西了。"他又总经性地说："这辈子就吆台了（成都话：玩完了）。"

去过博物馆

去过博物馆
乘车或者徒步
我在中午时分走过
簇新的台阶和
悲悼的石柱
那些白衬衫上打着领结的人
在询问永恒是不是值得
一个重要的下午

（《去过博物馆》）

那一年秋天，我与一帮诗人去法国开会。第一次去巴黎，免不了要与朋友定一个游览日程表。表上，第一个被朋友圈定的则是卢浮宫。朝拜艺术圣地，是到巴黎的第一个首要任务，这已经是定论了。第二天，我与同行的诗人西川、吕德安、莫非等，一早就坐地铁到了卢浮宫。

从地铁出口一上来，卢浮宫还没见着，就见着两个仿佛是从卢浮宫希腊馆和埃及馆里跑出来的雕像。这两个雕像，一个是古希腊雕塑模样的，全身着白。白袍，白脸，白色基座，脸的轮廓也是大卫式的俊美；另一个则是古埃及的法王模样，全身金色。金袍，金脸，金色基座，脸是我们在无数书本上见过的一贯的面具。他们引来了许多原本是参观卢浮宫的游客，在那里与他们留此存照。而他们也如有机器牵引似的，随着固定的姿态左右转动，偶有人上前往他们面前的盒子里扔钱（由此可以判断出他们是真人，而非卢浮宫被盗的雕塑），他们会开口说一声"谢谢"，倒把放钱的人吓一跳。

　　从广场望过去，远远地就看见一大三小的四个玻璃金字塔，通体透明的塔身，在阳光下反射着光芒。在卢浮宫四周围绕着的，极大的马蹄形厢房陪衬下，在欧洲最古老的蜜黄色外墙簇拥下，它们仿佛是来自地球之外的无名天体。或是"2001太空奥德赛"所发现的不明物。在广场中间的砾石庭院里，还有三个清澈鉴人的三角形水池。在池边，正有许多游客坐在那儿休息。

　　早就看过贝聿铭这座金字塔建筑的照片，但近距离观看，它与图片不一样；更清晰迷人，神秘优雅，的确有着贝聿铭那一贯讨好的几何学的形式感。贝聿铭女儿回忆，在当初设计这个方案时，受到巴黎大部分官员和百分之九十民众的反对。贝聿铭本人走到街上，也曾有愤怒的市民朝他吐唾沫。的确，认为卢浮宫这座古老皇宫代表了整个法兰西民族的巴黎人，怎能容忍一位来自庸俗文化之都的华裔美国建筑师的毁灭性预想。

但是，今天的巴黎人对金字塔的热爱，已超过巴黎的任何建筑，它成了巴黎的象征。来自世界各地的游客纷纷前来参观，对它的兴趣甚至超过了埃菲尔铁塔。因此，我们今天也手拿"巴黎介绍"走到了这里。

在入口处买票后，我们由电梯向下至博物馆大厅。从电梯上和大厅里向外看天空，一张由无数根电缆组成的天网，兜住了几百块玻璃。它们形成了一个美丽的透明穹隆，在阳光的照射下，四周灰褐色的古老皇宫的庞大屋顶，都倾向了这一晶莹剔透的高科技钻石。

无论如何，金字塔的入口，将一个过去时代的沉重历史，带进一个高技术的几何化图形（同时它又具有外表的古老因素）。从视觉上看，的确是一个很自然而又符合逻辑的设计。在功能上，当我们步入卢浮宫的古老的躯体内部，现代化的设施和亮丽开敞的中心，沿辐射状伸展开的几条展览支线，清晰可示，一切都安排得尽善尽美。大厅正中有一透明电梯，供残疾人和带孩子的妇女使用，一位妇女正推着她的婴儿车，从楼上徐徐降下，楼上和楼下的保卫都郑重其事地护送她。

进了世界上最大的博物馆，心下却是一片茫然，面对博物馆上万件古往今来、包罗万象的丰富藏品，一天的时间怎够参观？

在美国，我已参观过大都会博物馆、现代艺术博物馆，深知这种生吞式的参观，除了把你搞得头昏脑涨、心智麻木之外，绝不可能使你有所收益。我和有着同样畏惧之感的吕德安，决定在参观地图上，选取卢浮宫的镇山三宝：《蒙娜丽莎》《萨莫色雷斯胜利女神》《米罗的维纳斯》。至少对这三件巨作，我们负有对卢浮宫权威的尊敬。

从寻找这三件巨作开始，沿途顺势参观一部分藏品，然后回到金字塔集合，将是一次有效的参观。认真执着的诗人西川手里拿着一厚摞参观指南，表示来都来了，对于这个著名艺术宝库，还是要礼节性地一一走到。于是，我们就在大厅前约定，我们每个人大约有五个小时的探宝时间，然后，就分手了。

我首先去寻找《蒙娜丽莎》，这幅几乎已成为世纪神话的作品，从未有过安静。围绕着它的事件、争议与操作，一直不停。强盗要掠夺它的物质价值，博物馆要保证它的珍藏价值，前卫艺术家要再创它的艺术价值，参观者要肯定它的鉴赏价值。于是，强盗连夜偷盗它，博物馆连夜为它装上防弹玻璃，前卫艺术家连夜为它画上胡须，参观者日以继夜地赶来朝拜。

蒙娜丽莎如果有朝一日活了过来，看到这一切，她那著名的神秘笑容，也将变得勉强和尴尬。

当我们好不容易在众多的艺术品中，终于找到《蒙娜丽莎》时，发现有许多人是抱有与我们相同目的的：《蒙娜丽莎》前人头攒动，里三层外三层地围着参观者。《蒙娜丽莎》比我想象的尺寸小得多，在防弹玻璃的保护下，她的微笑更不确定了。

我们从年轻时就在教科书中，与她的微笑相遇。多年来更是在各种场合、各种知识、各种结构里看到她。渐渐地，她最初神秘的微笑越来越被我们熟悉，直至有一天走到她的面前。见到她，就像碰到一个常常见面的老熟人一样，毫无惊喜和敬畏之感。闪光灯的灯光此起彼伏，参观者轮流在《蒙娜丽莎》前摄影留念。据统计，每个人在《蒙娜丽莎》前的停留时间，只有三秒钟。这可能是千山万水赶来的人所唯一能做的事。

《米罗的维纳斯》有着同样的命运，每当有人要想试图玩玩什么"残缺美"，米罗的维纳斯便成了倒霉的例子，一次我看了一部电影叫《盒中美人》，电影中的男主角酷爱这断臂的维纳斯，于是将自己心仪的女主角砍去手臂，当作维纳斯般地供了起来。也有许多艺术家存有与这位维纳斯爱好者相似的观念，不分青红皂白，先将自己曾经喜欢的，原来觉得有价值的东西，砍上几刀再说，不这样不足以显示出自己的前卫和异数。

现在，当我走到它的面前，除了觉得雕像的尺寸大于我的想象之外，一切都早已熟悉。我又想起了一位自认为很前卫的中年雕塑家，对孔洞有特殊的爱好，不知是为了表明他对传统西方艺术的颠覆，或是图解他对后现代艺术的歧想，总之，它选定了断臂维纳斯，作为他孔洞图式的泛滥使用。维纳斯被这位不知疲倦的后现代信徒，从上到下地穿透了上百个孔。维纳斯的残体，又遭再次肢解。可这一次，不会有人从中发现什么残缺美了。这种对传统艺术荒唐空虚的胡乱消解，以加快参入后现代艺术的匆忙脚步，造就了中国一大批病入膏肓的后现代消化不良者。

现在，我们终于站在《萨莫色雷斯胜利女神》雕像前了。谢天谢地的是，终于没有里三层外三层的人群簇拥，我终于可以从从容容地看看这个没有成为明星的杰作。

由于没有那么多来自信息和印刷的渲染，也没有那么多外行或内行的捧场，我才感觉到对《萨莫色雷斯胜利女神》的欣赏，是真正出自自己的眼睛。而且，把对它的欣赏的侧重点，放在任何一个层面上也不觉得过时。我总觉得对一件好的艺术品，是直到洗去它的全部功利方面的价值，而仍满心地喜欢它，那才是真正的全心欣赏。

我和吕德安走出金字塔的入口，来到卢浮宫的广场，我们坐在三角形水池边等候其他的人。巴黎的天空阴晴不定，多变的光线，在金字塔的表面情绪一样地跑动着。它就像这个城市的面孔一样，满载着法兰西既古老又年轻的民族性格。当后工业化的潮流漫过欧洲时，它不曾屈尊放弃过自己文化上的独立和孤傲。但面对高技术时代的来临，它将证明自己仍是具有无限潜力的、依然举足轻重的重要国家。

懒洋洋地坐在水池边，直等到西川等人身心疲惫地走出来。

卢浮宫像一个德高望重的老教授，无论你是否相信他的权威，对他那经纶满腹的学问，你不得不存有极大的敬意。

看看全世界的人对卢浮宫全方位的臣服，以及那么多人多年来对这一艺术圣殿的向往，如今千山万水地穿越时差，走到这里，却发现眼花缭乱之后，那一路脚下生风式的朝圣，却又变得无从记忆。想来卢浮宫中任何一幅作品，挂于某人家客厅，则人人都会在这幅作品前逗留甚久，细细观赏。但现在千件万件地挤进你眼中，再好的视力也要疲倦，再好的作品，也被相互消解了。只剩下晕头转向的奔波，和蜻蜓点水式的到此一游的旅游心态。

从卢浮宫出来，往前走即是协和广场，从几何含义的角度，金字塔连接了香榭丽舍大道直至凯旋门的中轴线，成为这条镶缀了巴黎最精彩景点的中轴线的起点。斜阳下回望金字塔，发现贝聿铭那讨喜的对照：以高技材料处理外在的古老建筑形体，既保有现代文明的活力和时代特征，又表示了对历史文脉的延续和尊重。

在卢浮宫的书店里，我买了一张明信片，它从老皇宫的一个拱门内，向外找寻到一个颇有趣的角度，小金字塔的塔尖与大金字塔尖，又与背后古老皇宫的坡屋顶的顶尖，形成了一道中轴线，它们与屋顶那13世纪的装饰物一起刺向巴黎令人愉快的天空，相互映衬又相互依赖，就像新的文明最终会被后来的文明所覆盖，而历史也在流动中变得更有生机。但在今天，它却是这个时代的标志，不受羁绊地为旧时代增添姿彩。

　　去过博物馆
　　一群上班的人

　　一群睡意深沉下班的人
　　分别走过
　　他们不会在一个下午
　　看到恐惧

1996年11月

混血的城市

　　1992年，我与两位朋友开车到了圣地亚哥，我们的主要目的是从那儿去美国和墨西哥交界的城市提瓦那（Tijuana），因为圣地亚哥虽说是美丽非常，但毕竟也与洛杉矶差别不大，我们主要的目的还是想去墨西哥看看。南美始终是我特别想去的一个地方，我那个时期最喜欢的作家和诗人，几乎都在西班牙语系的范围之内。再说，墨西哥还有一位我最喜欢的女画家弗里达·卡洛。我在一本画册上，看到她的充满墨西哥情调的服饰和她的墨西哥庭院。

　　我们开着车，一行五人，正好坐一辆车到了圣地亚哥。这里有漂亮的海滩，漂亮的房子，漂亮的街区，以及漂亮的美国人。

　　老天保佑圣地亚哥，它简直要风得风，要雨得雨。有青翠的田野，有美丽的海和更美丽的海岸线，美丽的峭壁下面有裸体海滩。有令人难忘的历史遗迹，西班牙人修建的宏伟的摩尔式教堂。郊外有野生动物园，市内有富得淌油的住宅区。简言之，圣地亚哥不是像人间天堂，它就是人间天堂，供加州富人享用。

我们很快逛完了圣地亚哥，沿着一条线路，来到了边检站。边检站是一幢平房，旁边有一个看上去普普通通的旋转铁门，从这里推门出去，那边就是墨西哥边境。在边检站周围，是一条长长的看不见头的铁丝网，把墨西哥和美国隔了开来。

我们一行五人推开铁门，走了过去，跟推开一家商店的门走进去没什么两样。但是一旦过了这道门，就发现区别太大了。这种区别，主要是表现在两种截然不同的文化和经济的差别上。刚刚从圣地亚哥过来，这种落差更让我们心惊。放眼看去，美国国界这边是修剪平整的草地，墨西哥国界那边，是乱七八糟的灌木林，其实不需要分界线，已然能看出明显的不同和暗示的分裂。

走进提瓦那，就可以看出这座墨西哥小城，简直就是与它一墙之隔的美国的后院，是为美国人准备的消费地。窄窄的街道两边全是商店，商店和马路上的广告，都是西班牙语和英语两种文字。当地人做买卖，也使用这两种语言。店铺五花八门的物品很丰富，大部分是墨西哥出产的供游客购买的东西，也有其他一些国家的商品，都很便宜，这样就有许多的美国人，专门到这里来，寻找有南美风情的东西和便宜货。

这里让我想起西藏的八廓街，也是那么多让人眼花缭乱的东西，也是那么多各式各样的游客，也是有那么些本地人，坐在墙角落里喝啤酒。

每年都有成千上万的美国人，到提瓦那来消费。因此这儿建了许多饭店、酒吧、夜总会和海水浴场。许多美国人一到周末，就来一个跨境玩乐。到一个近在咫尺，较为蛮荒的地方，寻欢作乐，无所不为。白天晒太阳，晚上毒赌二字也无人管束。再买些便宜货带回去，这里简直就是他们的一块属地。托圣地亚哥的福，我们也欢天喜地地走在提瓦那的街道上。嘴里嚼着墨西哥独有的一种玉米饼（那里面不但裹着许多蔬菜，而且还有辣得你胃疼的墨西哥小尖椒），因那些便宜得让人吃惊的物品而兴奋。墨西哥的食物是很有特点的，在提瓦那，有许多风格强烈的墨西哥餐厅。著名壁画家迭戈·里维拉的那些大型壁画，总是被复制在餐厅的墙上，这是美国人和全世界的人对墨西哥的认识，是一种墨西哥文化符号。

20世纪90年代，墨西哥一位女作家，曾写过一本与美食有关的书《恰似巧克力对于水》。那是一本充满魔幻主义风格的小说，书里面，以一种超现实的笔法，详细地描写了墨西哥饮食的魅力。女主人公制作的墨西哥菜肴具有致幻能力，当她将眼泪落到菜肴中时，吃了这道菜的人，都莫名地悲伤起来。而当她想到爱情时，她做的菜肴端上来，让全桌的人吃了都欲火中烧，如癫似狂。这样的魔幻之书，放在墨西哥的背景下，是让人能够理解的，因为墨西哥正是产生这样的文化幻觉的地方。在南美洲这样的植物天堂中，植物既是生灵，又是聪明的物种。它们产生的毒素和致幻感，可看成是植物对人类的欲望的抵抗和诱惑。植物的历史，可以追溯到远古，人类摄食植物，并与植物一同进化。正因为如此，墨西哥人也崇拜植物，他们认为植物有神性，是神明赐给人类的恩物。他们用仙人掌做药、制酒，在祭祀仪式上通宵达旦地服用，并相信这样能助他们摆脱邪恶。古时游牧在高原地带的印第安人，将仙人掌作为食料，荒漠中的居民吃仙人掌和龙舌兰的叶子、果子和它们的嫩芽。喝仙人掌的汁，有些圆形仙人掌还可当水果吃（听起来对胃有一种恐吓作用），被用来招待客人（让人感动）。而且看起来在南美的干燥地区中，也不可能有绿油油的蔬菜，最接近果绿素的，也就是这些仙人掌科的绿色植物了。事实上，这就是古印第安人赖以生存，在此定居的基础。而且据研究，印第安人很少得胃病，就是因为他们爱吃仙人掌，里面有一种什么液体，对胃壁有保护作用。同属于仙人掌科的龙舌兰是一种很像剑麻的植物，在提瓦那边界以及城里的居民住地也能看见许多。它的枝干上，许多尖尖的枝杈，被墨西哥用来酿造度数极高的龙舌兰酒，这种酒后来闻名于世。在提瓦那酒吧里，龙舌兰酒包装最为醒目，瓶壁上挂有一顶微型墨西哥草帽，一目了然地知道它来自墨西哥。许多人爱喝那种混合了仙人掌科植物的香味。在开"白夜"酒吧之初，我和我的一些朋友，最爱将龙舌兰酒兑入汽水，装在威士忌酒杯中，在杯口抹一圈盐，然后用酒杯垫垫上在桌上猛击；当击出大量泡沫时，一口将酒吞下肚。那种感觉特别舒服，也特别醉人。想来也是因为这种南美植物酿造的酒，的确有一种迷幻之醉吧。

墨西哥女人们则相信植物的花朵是月神之象征，是主宰生育、恋爱之神。她们供奉这些花朵，并制成秘药服用。生活中，她们的服饰和日常用品中，都常常出现花朵的图案。在提瓦那，几乎每家人的院子里都栽种着仙人掌或其他热带植物。而那些工艺品中，植物更是其中最重要的符号和图案。

拉丁美洲是一个多人种和多文化的聚集地，自哥伦布发现新大陆以来，种族和文化的混血与交融，产生了拉美艺术原始而又永恒的魅力。墨西哥更是一个印第安文化色彩强烈的国家。著名艺术家弗里达·卡洛曾经这样说过："墨西哥有自己的文化承传，有自己的神话和魔幻，因此就不需要来自国外的幻想。在墨西哥，现实和梦想被视作是混杂在一起的，奇迹被认为是日常发生的。"

南美的阿兹特克文化是多神教的文化，对生命的神奇探究，是墨西哥文化古老的成分。在哥伦布到来之前的印第安原始艺术中，半人半兽的生命，是象征着延续和再生。印第安人假定人类与其他生物分享同样的生命材料，因此，世界万物的生命等同。这样的文化观，使得阿兹特克的万物崇拜，弥漫在原始艺术和巫术仪式中。在大量的民间艺术如壁画、工艺品、祭坛画中，人、兽、鸟、星辰、微生物，有着与人类相同的意义。提瓦那到处充斥着许许多多的墨西哥土著艺术品。这样的工艺品，不像在中国，濒临绝种。在墨西哥，它们在一代又一代的民间艺人手中，发扬光大。提瓦那靠近美国，又是一个旅游城市，所以这儿的民间艺术家很多，且大有传人。他们大多开一家前店后厂的小商铺，然后手工制作各种工艺品：自制的面具、烧陶、雕刻，以及图案鲜明的地毯。而这些工艺品，又因为大量游客的涌入而畅销北美。在几家商店里，我们各自选择了一些工艺品。墨西哥人喜欢那些能够产生毒素的动物，如蜥蜴、蝎子、毒蛇、癞蛤蟆等各类爬行动物，在他们的信仰中，这些五毒俱全的家伙可以避邪。女巫，祭师们都少不了它们。在这里，最打动我的东西，是墨西哥特色的陶瓷品，具有印加文化特点的陶罐和黑陶器。我在一家最大的工艺品商店里，买了一个红陶土做的提梁壶。上面有手绘的动物、天空、云彩，以及植物，两边的提耳用麻绳绾就。我还买了一个象征繁衍、象征生命力的小陶像。她是一个母亲形象，身上爬满了孩子，她的笑口朝天，似乎是在感激那超自然力的繁殖之神对人的恩赐。

提瓦那是墨西哥这样一个多元文化国度中最具混血属性的一个城市。由于离美国最近，基本上属于美国人的殖民后花园。在文化和交流上，都从属于美国文化，是一个典型的向宗主国提供文化赝品的城市。但即使这样，我们也能在这座城市的骨缝深处，在墨西哥人黝黑脸庞上的苍茫表情上，在那些堆满印第安风格的坛坛罐罐的商店中，发现墨西哥文化世代相传的真正浸润和难以泯灭。

现在，提瓦那已变成了美国的后院，每天在长长的边境线上，都有许多从墨西哥内地和其他南美国家来的穷人，在提瓦那这里寻找偷渡机会。墨美边界三千公里长的铁丝网，有三四层楼高，它们一直延伸进蔚蓝的大海，这种强制性的产物，带有含义丰富然而伤感的表达。那些因偷渡而丧生于此的灵魂，仍然不能阻拦别的人潜往美国的决心。他们埋伏在提瓦那的边境线上，等待美国警察打盹之机，想法溜过去。当然，大部分都未能成功。

据说，提瓦那市直接或间接从事蛇头活动的人，占全市人口百分之三十，成交额占全市经济收入的第二位。这也许是玩笑，但也不乏真实成份。总之，提瓦那的蛇头生意，多如牛毛，成龙配套，可组为一条流水线作业。

回头再看看那个隔开中墨边境的旋转门，觉得真是出美国容易进美国难。你想走，无人拦你，你想回来，就由不得你想了；旋转门是单向的，转得出去转不进来。这道门，就像一个隐喻，也像一个超现实主义的符号，暗喻和象征了贫富悬殊的超级大国和第三世界的关系：无论它们怎样在文化上混血，但在经济上，贫富是永远无法混在一起的。

民居的本土记忆

民以食为天，民也以居为地。所谓地者，地气，地脉，关于地的记忆，都包含在民居之中。人类从站起来走路和有记忆开始，就在追寻聚落的含义。古代的人讲究居住的风水，现代的人讲究建筑的文脉，都是希望我们的居住与我们的记忆发生某种关系。所以，一方水土养一方人，一方水土也养一方的民居。这就叫作"自然"。

自从中国进入城市化之后，民居的记忆被彻底改写了，我们已经很难从我们的周围，甚至我们周围的郊区，看到可以称之为"民居"的聚集地了。

不久前，我随朋友一起开车前往四川地区保护得最好的民居小镇福宝。一路上道路泥泞，溅起的泥浆差点把吉普车车轮都给陷下去了。但是到了那儿，我们惊异地发现：在这个离成都并不太远的地方，还保留着这么一个完全体现四川民居气象的小镇。福宝的民居，完全由地理条件而决定，福宝的建筑也完全具有地域性特点，整个镇的结构是依山傍势，逐流而栖。从福宝镇镇口进去，一条磨得青光溜滑的石板路，慢慢地将人引向高处。街道的两边，分布着保持完好的木结构平房。向上而行的街道，像一条通向舞台正中的甬道，把小镇定格在半山坡。所有的房屋，都是小时候所看惯的木板房（成都，以及成都周边，我们已很难看到这种木板房），也就是说，随时随地可以拆卸下来的木板拼成的房屋墙体。福宝的民居布局，正是依照本地地势和环境因素而建的。因此，我们也可以看到有许多吊脚楼形式的民房。在一个潮湿阴郁雨季频发的地区，高出地面，讲究通风，是吊脚楼的特性，也是福宝人居住选择的自然方式。中国的传统建筑观，总的来说是"以有涯随无涯"，注重的是场所精神而非建筑寿命。四川的老房子，都是用薄木板和竹篾芭加灰浆修造的。而且四川气候潮湿，虫蛀蚁咬，木结构老屋的确不利于保留和居住。但是福宝人却一直采用他们最朴素的建筑经验，偶尔也结合一些外部世界所引进的部分技术手段，保持了他们的土木结构居住方式。

福宝自成一格的建筑格局和民居形式，是与福宝人的生活方式分不开的。福宝人就像生活在一个世外桃源中，全然不顾外面世界突飞猛进的变化，他们生活悠闲，节奏缓慢，民风淳良。所以，福宝的民居建筑述说的是他们本地的故事，福宝的风水，也显现出世代居住在此的本地居民的生活形态。他们的生活不贫穷，但也不富足，他们的心不浮躁，也不贪婪。当我们离开福宝时，看见许多的摄影师正扛着脚架往镇里走。有人告诉我们，现在这里正在修高速公路，很快就可以直通成都了。我一听就知道，这意味着福宝的安静，很快就会结束了。当然，与其他较为贫困的地方相比，福宝是知足和自足的。但愿高速公路不会过早地改变这一切。

第二辑

水之诗开放在灵魂中

水之诗开放在灵魂中

　　离格拉纳达古城约四十分钟的车程，就是西班牙著名诗人加西亚·洛尔迦的出生地富恩特瓦克罗斯，一个幽静的小镇。2002年，我与北大西语系教授赵振江老师一起，从格拉纳达专程前往富恩特瓦克罗斯。

　　"我在格拉纳达，这里热得要命……我一直努力工作，'创作'了一些布谷鸟（那令人赞赏的、象征的小鸟）的诗和一条河的白日梦，哀婉的诗篇，我在内心深处、在我那不愉快的心灵的最深部分中感受到它们。你不知道，看见描绘在这些诗里的自己，我有多么难受。我幻想自己是在激情的回水上面的一只紫罗兰色的巨大蜻蜓……"①

　　这只激情水面上的巨大蜻蜓，曾经在水的万神殿——阿兰布拉宫的回水中，自由栖落，但最终陨落在家乡的橄榄树林中。洛尔迦的一生，就像他在《骑手之歌》中描述的骑手一样：知道自己永远无法到达那"遥远而孤独的科尔多瓦"，致

————————————————
　　① 《致梅尔乔·费尔南德斯·阿尔马格罗的信》（董继平译）。

命的敌人正在那儿注视着他："死神在向我张望，从科尔多瓦的塔楼上"。这些诗句像谶语一样，暗示了他的最终结局。在反法西斯战争中，西班牙的文学和艺术都不可避免地被政治所左右，而洛尔迦则在内战中成为最大的牺牲品。1936年，"死神在向我张望"，但不是从科尔多瓦，连洛尔迦本人也没想到，敌人就是自己的邻居：他被暗杀在他的家乡。如今只有公园中的一块花岗石标志出他被害的地点，他的遗体始终未被找到。

富恩特瓦克罗斯是一个安静、少人的镇子。进得村来，向路人询问洛尔迦的博物馆，似乎倒也人人都知。洛尔迦故居是一个外表普通简朴素静的小白房子。进去后是一个缀满鲜花的内院，院内最瞩目的是一口井壁很高的古井，爬满青藤的墙上，有一座不大的洛尔迦青铜胸像。

1922年，洛尔迦幻想写一本关于水的书："因为我'看见了'一本令人赞赏的书，必须把它写出来，一本我要写的书：《对于水的沉思和寓言》，多么深刻，一个人可以述说关于水的栩栩如生的奇迹！我的书的水之诗开放在我的灵魂中了。""水的织机，水的地图，声音之津，对泉水的沉思，回水。以后，当我研究（是的，研究！）（祈祷圣人们赐予我欢乐！）死水，我就会写出一首关于阿兰布拉宫①的难以置信的流动的诗，那座宫殿被视为水的万神殿。我相信，如果我真的

---

① 阿拉伯文原意为红宫，西班牙安达路西亚地区格拉纳达的摩尔人王国的宫殿和城堡，建于1238～1358年。

这样处理的话，那么我就能作某种美好的东西，如果我是大诗人，真的是大诗人，那么这也许就会是我的杰作"。①

　　赵振江老师是中国作家都很熟悉的翻译家，几乎我们所熟知的拉美作品，都是他翻译成中文的。他翻译出版了《加西亚·洛尔迦诗选》中译本，同时他还将《红楼梦》介绍和翻译到西班牙。为了表彰他对西班牙文学交流所作的贡献，西班牙国王授予他一枚伊莎贝尔女王十字勋章。据说在外国人中，只有他和萨马兰奇获得过如此殊荣。赵老师为人随和，一次我们坐在咖啡馆中，吧员将他视为一落魄中国移民，十分轻慢。我开玩笑说：快把女王的十字勋章拿出来拍在桌子上，看他怎么说。赵老师说：他肯定认为是假的，反倒把我们赶出门去。

　　不过赵老师在西班牙文学界却是大大的有名，不只是文学界。一次，他在格拉纳达公园散步，突然两个警察向他直直地走来，把赵老师吓了一跳。结果他们是来告诉他：听说你翻译了洛尔迦的诗选，我们特地来向你致意。可见洛尔迦一直是西班牙人的骄傲。

　　洛尔迦博物馆的接待员是一位年轻女士，听说赵老师是馆长的朋友、《洛尔迦诗选》中译本的译者，顿时肃然起敬。热情地为我们安排了一个专场解说。据介绍：洛尔迦故居于1986年重新整理修缮后对外开放。所有房间布置、家具器皿的安放，均由洛尔迦的妹妹凭回忆布置。客厅是普通农家的样

————————
　　① 《致梅尔乔·费尔南德斯·阿尔马格罗的信》（董继平译）。

式，从左侧进去是洛尔迦的琴房，那是他初练钢琴的地方。右侧是他父母的卧室。有洛尔迦的摇篮及学走路的木凳，其式样与中国相似。

整个二楼包括楼梯间，都挂满了洛尔迦的剧本在各国演出的招贴。其中有各种版本的《血的婚礼》，印象较深的是一张现代舞的剧照。画面上一个青年男子手拿一柄弯刀，裸体站在左侧，剧照充满了洛尔迦诗剧中紧张和不安的气氛。

这所故居是洛尔迦九岁之前的居住地，九岁后他随全家迁往格拉纳达。但以后也经常回到这里，因为他的父亲是此地的一个庄园主，时时要回到这里经营土地。

二楼的钢琴是洛尔迦初学弹奏时所用，解说员还特地指给我们看钢琴上摆放的一个花瓶。原来那张著名的洛尔迦弹奏钢琴的黑白照片上的花瓶，也被他们找到原物，并放在了照片中的位置上。

三楼则被打通了原空间，将房间扩成了一个约一百多平方米的展厅。一个大玻璃柜里，陈列着西班牙文学界著名的"27一代"诗人们的通信、手稿，以及当时他们发表作品的各种杂志、报纸；还有一些当年对"27一代"的评论文章。从中可以看到著名诗人阿莱桑德雷、阿尔贝蒂等人送给洛尔迦的签名诗集，以及他们互赠的手稿。"27一代"，是西班牙诗歌中重要的一个诗人群体（尽管他们之中的文学主张、艺术风格、甚至年龄都并不相同）。其核心成员有洛尔迦、阿尔贝蒂、豪尔赫·纪廉，以及日后获诺贝尔文学奖的诗人阿莱桑德雷等。他们的特点是从传统诗歌中挖掘和发展超现实主义，与当时艺术中的超现实主义风格有共同、共时的特征。

洛尔迦诗作中的超现实却首先是从现实出发，他自称是"水的儿子"，瓜达尔基维尔河滋养了他，阿兰布拉宫每一道石缝中透露出的浪漫和幻想辉映着他：从一首小诗（《河流的白日梦》），我思考着事物的门廊中的一块石头：

> 缓流
>
> 我的目光沿河而下
>
> 沿河而下。
>
> 我的爱情沿河而下
>
> 沿河而下。
>
> （我的心数点着
>
> 时辰，它熟睡着）
>
> 河流带来枯叶
>
> 河流。
>
> 它清澈而深沉
>
> 河流。
>
> （我的心在请求
>
> 它能否变换位置。）

洛尔迦从小就有超常的诗歌天赋，但他本人曾学过音乐，原来想考音乐学院。如果他不写诗，相信他也会成为一个不错的音乐家，甚至于画家。我在展厅中，看见洛尔迦的素描也画得很有特点，他也常常在给朋友的信和自己的手稿上，随意画一些插图。西班牙画家达利一直是洛尔迦最好的朋友，达利常常为他的诗剧制作舞台布景。他也曾在巴塞罗那书店朗诵他为达利所写的那首诗《萨尔瓦多（达里颂歌）》。他们多次计划一起合作写书配画，但最终因他们之间友情的分分合合与纠缠，而未能实现。

在三楼的展厅，解说员拿出一盘录像带放给我们看，这是一盘很短的黑白纪录片。与当时的技术条件有关，录像像质很差，勉强能看到洛尔迦的面孔。录像带记录的是洛尔迦和他创建的"茅屋"剧团开着一辆破卡车四处演出的情形。洛尔加曾经在谈到"茅屋"剧团的意义时说："我们要把戏剧搬出图书馆，离开那些学者，让它们在乡村广场的阳光和新鲜空气中复活。"

为此洛尔迦亲自选择演员，亲自负责剧目排演。他们自己动手制作布景、自己动手搬运道具、自己布置演出场地等。在两年多的时间，"茅屋"几乎走遍西班牙，吸引了无数的平民百姓。他说："对我来说，'茅屋'是我全部工作，它吸引我，甚至比我的文学作品更让我激动。"从录像带中可以看出，洛尔迦每次都非常投入地为大众演出，以及朗读自己的诗歌。当年洛尔迦从纽约回到故乡后，曾有好几年写诗很少，将精力投入到戏剧创作和演出中。"茅屋"剧团无疑振兴了20世纪30年代西班牙的戏剧舞台。《血的婚礼》和《叶尔玛》是他那一时期的代表作。时至今日，我们都能在屏幕和舞台上看到各种版本、各种形式的《血的婚礼》在上演。

洛尔迦曾经写过一首著名的长诗《伊·桑·梅希亚斯挽歌》（这也是他作品中我最喜欢的诗之一），哀悼他的朋友、著名的斗牛士伊·桑·梅希亚斯。伊·桑·梅希亚斯本已退休，英雄迟暮，不愿老死床上，宁肯血溅黄沙。他在重返斗牛场的一次斗牛中，不幸被牛挑中死去。在这个展厅中，也有洛尔迦与他的许多合影。其中经常出现的一位美丽女士是昵称为"小阿根廷"的女演员Encarnacion Lopez Julvez，她生于阿根廷，是洛尔迦和整个"27一代"诗人们的朋友和他们之中的一员。展厅里有许多"小阿根廷"的演出剧照，她跳舞、她唱歌、她演戏、她表演弗拉明哥。Encarnacion Lopez Julvez和洛尔迦一起举行过许多巡回演出，每次都是洛尔迦为她弹奏。展厅正中有一张照片，颇能表现当时的场景：在他们的共同朋友所开的一家著名餐厅里，有一个专门的表演舞台。整个餐厅是达利设计的，墙上有达利的壁画，完全是达利风格（当然是达利早期成名前所为）。照片中仍是洛尔迦演奏、"小阿根廷"跳舞，据说他们经常在这家餐馆表演。

Encarnacion Lopez Julvez也一直是伊·桑·梅希亚斯的情人。伊·桑·梅希亚斯与妻子分居，然后与她同居多年。但是当伊·桑·梅希亚斯死时，其妻却不许她到医院去探视。为此洛尔迦大为光火，但是最后他还是根据西班牙的习惯，将这首诗题献给了伊·桑·梅希亚斯的妻子。

赵老师告诉我一件趣事：他应洛尔迦博物馆馆长的邀请，曾来此镇参加洛尔迦五十周年祭的活动。在会上，赵老师用中文朗诵了洛尔迦的《伊·桑·梅希亚斯挽歌》。结果还没朗诵完，全场的观众就都学会了一句中文："下午五点钟。"因为洛尔迦在这首诗中反复使用"下午五点钟"这句话，一共在诗中出现了五十多次。在西班牙，斗牛总是在下午五点钟开始，一直持续到夜里。洛尔迦说："当我写《挽歌》时，致命的'在下午五点钟'这一句子像钟声充满我的脑袋，浑身冷汗，我在想这个小时也等着我。尖锐精确得像把刀子。时间是可怕的东西。"所以洛尔迦在诗中不断地重复使用这句话，以强调斗牛的仪式和"神圣的节奏"，在这节奏中："一切都是计量好的，包括痛苦和死亡。"（他说）在这节奏中：有一种对死亡渐渐逼近的预感，和一种弥漫全场的不祥气氛。在这节奏中，反复的、叠加的对时间的吟诵，像一种强迫症式的念叨，造成了诗歌音韵上的鲜明节拍，与斗牛时的紧张气氛形成了对应。在这节奏中，所有熟悉洛尔迦诗歌的人，都记住了他的这一句"下午五点钟"。所以，当赵老师朗诵至此时，全部在场的西班牙听众用刚听熟了的中文，一起跟着念了起来。

据马德里报纸说，当时送葬也开始于下午五点钟。正像他所说的，在这节奏中，"一切都是计量好的，包括痛苦和死亡"。

在下午五点钟。

正好在下午五点钟。

一个孩子拿来白床单

在下午五点钟。

一筐备好的石灰

在下午五点钟。

此外便是死。只有死

在下午五点钟。随着死亡步步逼近，变得越来越焦躁不安，直至终点的叫喊：

伤口像太阳燃烧

在下午五点钟。

人群正砸破窗户

在下午五点钟。

在下午五点钟。

噢，致命的下午五点钟！

所有钟表的五点钟！

午后阴影中的五点钟！

在20世纪80年代，湖南人民出版社出版的《戴望舒译诗集》里，收录了戴望舒先生翻译的三十二首洛尔迦诗，全部译自西班牙文。其中《吉卜赛谣曲集》和《杂诗歌集》，曾经影响过很多中国诗人。诗人北岛、顾城都喜欢他的作品。施蛰存先生为戴望舒的《洛尔迦诗选》做过校对。这个译本，少年顾城曾爱不释手。据说北岛最近正在《收获》上开一个专栏，谈他心目中的20世纪大诗人。他的第一篇文章，就是关于洛尔迦。我的朋友吕德安和柏桦都曾谈到过对洛尔迦作品的喜爱。我也对洛尔迦的诗歌尤其是《吉卜赛谣曲集》非常喜欢。到了格拉纳达，我才知道："吉卜赛谣曲"其实就是现在的"弗拉明歌"，是流传在西班牙南部安达路西亚地区的民间歌谣形式。有人直译为弗拉明歌之深情歌唱，又译为"深歌"。原来是流浪的吉卜赛人随口唱出的即兴歌谣（通常由吉他伴奏）。这些谣曲，最初是反映吉卜赛人和流浪者的感情和生活。吉卜赛人置入这种短小形式中的热情，融合了异教徒般的神秘音调、坦率的、直截了当的语汇，多神教和多种民间文化，"来自第一声哭泣和第一个吻"。

　　洛尔迦将深歌视为他写作的源泉：爱，痛苦与死亡。他用一种新的、现代的形式，复活了民间谣曲这样一种西班牙民族诗歌的形式，并注入了不羁的想象力和美妙的音韵（得益于他对音乐的学习），使之更为优美和适于吟诵。这些谣曲，起初并未印成诗集，而是口口相传。被安达路西亚地区的农民和住在格拉纳达山顶窑洞里的吉卜赛人默记在心，又传唱至西班牙全国。当年戴望舒就是去西班牙旅行时，听到这些谣曲并进而认识洛尔迦的。他说："在广场上、小酒店里，村市上，到处都能听到这样的歌声。问问它们的作者，回答常常是：不知道。这不知道的谣曲的作者，往往就是洛尔迦的作品。"戴望舒回来后就翻译了洛尔迦的第一批作品。1936年，西班牙反动势力长枪党暗杀了洛尔迦，在全世界引起了关注。戴望舒决定更系统地翻译"洛尔迦诗抄"，后因心脏病突发逝世，终未能全部完成。但就是已完成的这一部分，也在80年代的中国诗人中间引起了关注。所有的诗人都会记得《梦游人谣》中的诗句："绿啊绿／我多么爱你这种颜色／绿的风，绿的树枝／船在海上／马在山中。"

当年我读着洛尔迦这些诗句时，从未想到过有一天会来到他的家乡格拉纳达参观他的故居。看起来老天对格拉纳达格外厚爱，因为它居然将三座山脉，一条溪流，都赐给了格拉纳达，同时还给了它最好的气候、历史上最好的一段繁荣昌盛的黄金时代以及一位最好的诗人。洛尔迦自己曾经说过："水的一种伟大生命，具有对同心圆、反影、水流那喝醉似的音乐（未与沉寂融合）的细致分析。河流与灌溉渠来到了我的内心深处。如今没有人能真正说：瓜达尔基维尔河或者米尼奥河诞生于富恩特米纳，又完全倒空在费德里科·加西亚·洛尔迦的心中，倒空在那个无足轻重的梦者和水的儿子的心中。"[1]

接待我们的年轻女士也告诉我，除了赵老师之外，还很少有中国人来过这里，所以她非常高兴。拿出一本纪念册请我

---

[1] 《致梅尔乔·费尔南德斯·阿尔马格罗的信》（董继平译）。

也题点字。我翻开一看，上面有来自全世界各地爱好洛尔迦诗歌的读者。用各类文字写满对诗人的溢美之词。

我也曾到洛尔迦的朋友、西班牙画家达利的故居参观过，这两位好朋友生前和死后的待遇都大不相同。早已成为艺术超级明星的达利故居博物馆，像一个靠山吃山、靠水吃水、靠达利吃达利的势利场所。参观门票贵得惊人，9欧元约90人民币一人次。每次参观只容许停留二十分钟，解说员们人人如临大敌，手拿一个对讲机，一分不误地赶人，一分不误地召人。一分钟0.45欧元，精确无误。达利生前作品早已售罄，这里只是展示他怪异而享乐、狂放而铺排的生活场景而已（当然，达利艺术作品中彰露毕现的超现实主义风格，在这所曲里拐弯的房子中，也得以淋漓尽致地表现）。当我走出博物馆时，那些来自四面八方的参观人群，一个个活像受虐狂（包括我在内）似的，还在继续排队。比起达利博物馆，洛尔迦博物馆则不卑不亢、有礼有信、简约素朴。工作人员也都文雅持重，对文学虔诚有加。馆藏则显然更致力于整理、传播、记录洛尔迦的作品和展现他的人格力量。由此想到一个博物馆也像一个人一样，可以分类、分性格、分血型，以及分精神层面和物质层面；其个性与馆藏对象的身份基本吻合。

今年我又一次去了西班牙，在巴塞罗那看了一次斗牛。斗牛果然是在下午五点钟开始。整个过程中，我的脑海中不断地浮现洛尔迦《伊·桑·梅希亚思挽歌》中的片断诗句。我发现，"下午五点钟"的节奏，正对应场上人兽之间的激烈角斗，甚至斗牛士的步履；也对应场下观众对表演的投入程度，包括他们情绪的起落。散场后，我对一起去的艺术家朋友说起洛尔迦的这首诗，我还背出他那句评价式的结语："我们将等待好久／才能产生、如果能产生的话／一个这样纯洁、这样富于遭际的安达路西亚人"。我的朋友揶揄说："不会吧，你们诗人总是言过其实。"我告诉他：不知在伊·桑·梅希亚斯之后，还有没有这样的斗牛士。但是可以肯定的是（不是言过其实）：再也没有一个如此优雅、如此纯洁，如此富于遭际的安达路西亚诗人，让我们这些远在东方的中国诗人，为之醉心，为之动容了。

芳名不仅仅叫卡门

　　当我听到塞维利亚的名字时，我对这个城市唯一知道的就是卡门：一个芳名流传世界、故事几经更改的虚构人物。各种版本的小说、歌剧、舞剧、电影，使这个人物充满了比任何一个真实人物更多的诱惑力。仅我看过的版本就有：1983年同时由西班牙电影大师卡拉斯·绍拉拍摄的《卡门》、由法国电影大师戈达尔拍摄的《芳名卡门》、由顶级男高音中唯一称得上英俊人物的多明戈主演的比才歌剧《卡门》，以及最新的忠实于梅里美小说的导演拍摄的故事片《卡门》。甚至，我还看过我所喜爱的著名舞蹈家巴西利科夫主演的现代芭蕾《卡门》。最近报载：由全球著名的荷兰"伙伴"歌剧制作公司与中国上海国际艺术节中心等诸方面共同合作，投资1700万精心打造的大型景观歌剧《卡门》，"将是第六届中国上海国际艺术节最令人期待的歌剧演出盛事"。该剧首创360度全视角景观，以狂欢、马术、弗拉门戈舞、斗牛士舞的盛大场面、气势恢弘的立体布景吸引观众，把观众置身19世纪初的西班牙异域风情。据说两千多元一张的票一抢而空。

2003年，我从格拉纳达坐车前往塞维利亚，在路上，我脑子里装满的全是卡门的形象：大红色滚边荷叶裙，黑色纸扇、黑色的头发和眼睛。梅里美小说中说：西班牙女人要称得上漂亮，必须符合三十个条件。或者换句话说，必须用十个形容词，每个形容词都能适用到她身体的三个部分。比方说，她必须有三黑：眼睛黑，眼睑黑，眉毛黑。还有三纤巧：手指、腰身和鼻子。从小说和电影中我们都知道，卡门正是适合这三黑三纤巧的西班牙美女。

一句古老的西班牙诗句说：没见过塞尔维亚的人，就等于没见过世面。那么没听说过卡门的人，恐怕就是连西班牙都没听说过。虽然西班牙人很讨厌全世界的人都把卡门、弗拉明戈、斗牛，当作西班牙的注册商标。在他们看来，卡门是典型的他者形象，是一个旅游的外国人虚构出来的异国情调，里面充斥着被就此定型的冒牌的西班牙人形象。这一切构成了外国人心目中的"西班牙特色"。但是有什么办法呢？他者眼光无处不在。

就在我写这篇文章时，我也与一位西班牙建筑师，坐在被"成都化"了的成都茶馆里，喝着有成都特色的花茶。西班牙建筑师指着窗外最有中国特色的政府光彩工程里那些用塑料拼缀出来的彩色灯管仿真植物，坦言，他很喜欢这些被我们中国人认为俗气的装饰（还有类似大红灯笼高高挂这样的民族话语，同样是老外喜欢的中国特色）。此外，他也坦言他来成都之前，想象或者说不知从什么样的文本中观看到的经验，使他以为在成都，到处都是坐落（或者说是点缀）在竹林里的茶馆，人们都坐在树下悠闲地喝茶。这样一些被简约地规定了的文化境遇，像旅游说明书似的就这样推出一个个赝品城市，同时也有力地推动这些城市的消费。卡门的形象如此深入人心，已经成为西班牙文化在外国人心目中的重要特色。西班牙人喜欢或不喜欢都无法改变这一点。再说，塞维利亚的旅游业，为此要感激法国殖民作家梅里美的妙笔。

卡门工作（在简单的工作台上搓雪茄）和学习（像小流氓一样动刀子打架）过的地方——塞维利亚烟厂，现在已是塞维利亚大学的法学系。在旅游手册上，只被打了一颗星：意味着此地可看可不看。的确，塞维利亚作为西班牙最有趣的城市，值得观看的地方太多了。吉卜赛女郎卡门的形象，随处可见，散布在各个后殖民文化场所，烟草女工卡门的工作所在地就不那么重要。但是当我在塞维利亚街头走来走去时，我仍然按捺不住好奇心，想去看看那一个发生了全世界最浪漫的爱情故事的初始地。

塞维利亚大学（原来的塞维利亚烟厂），是一个建于1750年的工厂，在一个中国人看来，这个地方每一个角落，无论如何都更像一个城堡，而非车间。大门和外墙上雕刻着古老的塑像，室内更是四处都能看到精雕细刻的浅浮雕。想不通这样的地方为何会是一个弥漫着烟草味的喧闹工厂。"有四五百女工在这家工厂工作。她们在一间大厅里卷雪茄，如果没有许可证，任何男子都不能进去，因为天气热的时候，她们穿得很随便，尤其是那些年轻女工。她们吃完饭去上工的时候，就有许多后生在那里望着她们经过，千方百计去挑逗她们。"西班牙女郎的热情是众所周知的，何况还有吉卜赛女郎。男人们要是竖着进去，恐怕只能横着出来。

梅里美小说中那个倒霉的男主角这样叙述他噩运的开始："人家把我派到塞维利亚的烟草工厂去当警卫。如果您到塞维利亚去，您就可以见到这所大建筑物，在城墙外边，靠近瓜达尔基维尔河。我现在似乎还看得见那扇大门和它旁边的警卫室。"

无论如何，全世界喜爱浪漫故事的人们都会感谢这扇大门，因为正是它打开自己，让卡门走了进来，并将那一朵像谶语一样的花，掷向警卫室的何塞，从此拉开了这个著名文学文本近大半个世纪的演出帷幕。尽管现在看来，这座大门普通得像西班牙随处可见的大门，尤其是它外面还堆放着好几个大垃圾箱。我走进去，一直往内走，它有点像中国三进式庭院，一个中庭，四周是围廊，再往后面还有一个后院。法学系的男女学生们，有的坐在走廊上看书，有的围成一个小组在讨论问题。大厅内（电影中这里是熟悉的场景，数百名女工围坐在工作台上搓雪茄），一名教师正在讲授着什么，十多个学生围坐在她身边。

从外面看，这里与欧洲其他大学简直没什么区别了。如果不是因为卡门，想来我永远不会想起要到这里来。在离开中国前的不久，我刚看了新版的电影《卡门》。女主角长得真有点像小说中的人物："我十分怀疑卡门小姐是不是一个纯血种，至少她比我见到过的她的同族女人要漂亮得多……她的美是一种奇特的、野性的美；她的脸使你初见时惊奇，可是永远不会忘记。尤其是她的眼睛，有一种肉感而凶悍的表情，以后我再也没有在别的人眼中看见过。'波希米亚人的眼睛就是狼眼睛。'这句西班牙成语是经过仔细观察后的结论。"

新版的《卡门》，完全忠实于梅里美的原著精神，连叙事方式叙事角度都与小说保持一致。卡门临死前说了一段话："何塞，你向我要求的是不可能的事情。我再也不爱你了；而你却还在爱我，所以你才要杀我。我也可以再向你说些谎话；可是我现在不愿意这样做。我们俩之间一切都完了。作为我的罗姆，你有权利杀死你的罗密。但是卡门永远是自由的。"无论如何，这都是上一世纪最精彩的爱情宣言；它由法国作家塑造的吉卜赛女人口中说出，正好说明了梅里美对本民族文化的迷茫和疑惑，对他者文化的虚假投射和真实观照。所有西班牙本土作家、艺术家都试图对卡门这一混血变种之西班牙形象进行重述；但包括这些努力本身，也变成无奈和无助的尝试。同时，为卡门的经典形象添加了更多的程式、规范和类型化处理。

比才的歌剧《卡门》，是全世界上演率最高的剧目。比才的卡门比梅里美的卡门更简约也更富有爱情活力，当然，比才的卡门也更为人接受。除去了盗贼、骗子和妓女等不良色彩之后的"卡门"，在比才的歌剧中，最多算是一个爱情宗教激进主义者，而何塞更接近一个爱情恐怖主义者。故事与叙事也更多集中在人性中的嫉妒与反嫉妒之上。在1994年，我曾通过一个香港朋友带来的LD影碟，得以看到多明戈出演的《卡门》。多明戈的嗓音自无人可比，但他扮演的何塞，却无法让人联想到梅里美笔下的那个痴情、倒霉、绝望的失足青年。扮演卡门的女演员表演一流，的确有点吉卜赛女人的味道，但我完全不能把她与梅里美笔下三黑三纤巧的卡门联系起来。当然，这是歌剧角色的一大问题。毕竟像卡拉斯那样，歌喉与表演、人与角色浑然一体的歌唱家太少了。相比之下，绍拉拍摄的《卡门》中，那位编导、现代版的何塞，却很好地表现出了当代西班牙人的情感、迷惑和爱情的悲怆。在绍拉的《卡门》中，他想要以西班牙文化的方式，诠释一个新的卡门，并同时呈现这一努力的失败。绍拉电影中的卡门扮演者德尔索，同时也是电影女主角，可以视为西班牙新女性。她只想扮演卡门，但她并不想成为生活中的卡门。德尔索的这一角色，正好印证了西班牙文化境遇：试图在真实世界中褪掉被赋予自己的角色化记忆（异国情调），但为了成为卡门，又不得不一次次扮演进入他人眼中的规定角色。电影中男主角编导安东尼奥和卡门的爱情结局，正象征着西班牙文化与外国文化的冲突结局。无论西班牙人怎样看待自己的他者地位，却也不得不在现实世界中与虚假合谋，进行制造赝品的流水线。在西班牙，传统的弗拉明哥只能在一些供外国人参观的酒吧中，或是一些提供旅游服务的歌舞厅中演出，最多有一些老人还深谙此道，其处境类似于中国戏剧。全球化的过程也是一个文化扁平化的过程，文化珍稀物种也濒临绝种，剩下的只可能是一些文化符号。身穿大红百褶裙的卡门，和出现在奥运会上的张式大红灯笼，其意义基本相同。

　　最后要说的是，等我回到中国四川，才发现我在塞维利亚大学拍的那一个胶卷，是无论如何也找不到了。唯一在上一卷中，留下了最后一张：我站在塞维利亚大学门口，前面是一个巨大的垃圾桶，那个古老的门洞里，没有拥出一大群蓬头垢面、野蛮性感的烟草女工，而是走出一群朝气蓬勃、时尚前卫的女大学生。我从她们中间，没有认出那个梅里美笔下的吉卜赛女人，那个独一无二的、因为她的缺陷而变得更加完美的卡门："我的波希米亚姑娘不能说这样十全十美。她的皮肤虽然很光滑，但是非常接近铜色。她的眼睛虽然有点斜视，但是很大很美；她的嘴唇虽然有点厚，但是线条很好，露出雪白的牙齿，比去掉皮的杏仁更白。她的头发虽然有点粗，可是颜色漆黑，带有蓝色的反光，像乌鸦的翅膀一样，又长又亮。"她的所有缺点都有优点作为陪衬，而这些优点在对照中变得格外显著。因此，我在塞维利亚的大街小巷以及校园内外随处可见的西班牙女孩身上，过多地投射我的注视目光。由此，我甚至并没太注意到西班牙男人以及他们声名远播的多情眼神。

林徽因在李庄

2001年春，四月天，晴，我和建筑师刘家琨，他的助手汪伦，诗人钟鸣，白夜酒吧女主人之一代红，驱车前往四川李庄，车程四小时，五百多公里。其间钟鸣的越野车爆胎一次，修理工往返两趟，到李庄后问路数回，在李庄城里来回兜了不知几圈，始终不知林徽因的故居在哪里。

李庄，镇外上坎村，当年被梁思成称为"谁都难以到达的可诅咒的小镇"，从重庆坐船走，"上水三天，下水两天"，"没有任何办法可以缩短船行时间或改善运输手段"。走陆路，当年林徽因带着母亲和孩子，坐敞篷卡车，采"骑马蹲裆式"，从昆明直坐到李庄，费时两个星期。如今，高速公路已修到李庄门口，二级公路，直修到江边，当然，也增加了无数城乡结合部特有的瓷砖房，江边新建的伪古典亭子，簇新的香火寺庙。

幸遇一位在县府工作的女士，好像对梁思成颇有了解，自愿带我们前往。坐上车，穿过已变得与成都周围郊区毫无区别的李庄，越过好几道阡陌，就到了上坎村。车开不进去了，停车四看。如今这儿与普通川西平原没什么区别，有竹林盘，小河沟，有塑料薄膜盖着的温室菜圃。往里走，是窄而又曲的小道，再往里走，突又开朗出来一大块地。面前赫然立了一座旧时大宅门，门前竖了一块石碑，上面刻有"同济工学院旧址"的字样。木漆大门上方挂有一匾："东岳庙"，但这建筑与其说是庙，不如说更像一座大宅院，这就是当时与营造学社一起迁来的上海同济大学。

再七拐八拐好几个弯，就进了一个典型的农家院。早已有人在前面站着引路，毕竟是梁思成、林徽因的故居，住在这里的农民们看来也早已习惯有人前来拜访，一个小女孩抬手一指：就是那儿。然后，我就看到了这间不起眼，无变化，青瓦灰棱的L形平砖屋。

房间之朴素，之简陋，都超出了我的想象。当然，在此之前，考虑到四十年代战时的局势，农村的落后，我也知道一定会是一个很普通的房子。但毕竟梁思成当时身为中央研究院研究员，著名的营造学社社长；林徽因也算是"高级知识分子"，再怎么样在一个小镇也应该拥有当地较好的条件。

房子肯定是翻修过了，从左边一侧的砖墙可以看出。五十多年了，破旧毁损，风雨侵蚀都在所难逃，难得的是房间格局仍然基本保留当年梁林二人在此时的形态。现在房子没人住，成了堆破烂的地方。看来房主人的生活水平虽已大大改变，但并无资金或精力来作其他的修建。说起来，是应该感谢这么多年无人关心此地，还是为此感到悲哀？都难说了。

L形的格局，长的一端，当年是营造学社的总部，我以前就曾在一张照片上见过。那是一间长长的工作间，光线充足，像一间教室一样并放着简陋的长木桌。梁思成就在那里埋头绘制《图像中国建筑史》的建筑图，以期战后出版中文版，甚至英文版。晚上，则依靠来自川西平原的大片菜花最终熬制成的灯油继续工作。整个营造学社，就如费正清说的一样"一面接受了原始纯朴的农民生活，一面继续致力于他们的学术研究事业"。如今这里是当地农民的住房，完全恢复了最普通的农家模样。

L形短的一端，是当年梁思成、林徽因的住房。房子坐北朝南，后面有一个几十平方米的小庭院，现在看上去，也仍然赏心悦目。房子面朝一大片田野、竹林、樟树，遥想当年也算风景如画了。

在我们的一再请求下，仍然健在、身板硬朗的房东老太太为我们打开了梁、林二人的房间。进到里面一看，情景就让人黯然：空荡荡，破旧积灰的堂屋里，随便放置了一个旧方桌，旁边一个旧木椅，左侧则堆放着粪桶，粪铲，叉头扫帚若干，柴火若干。墙壁破旧，已露出内里的竹篾笆，墙上不相干地贴着一张"恭喜发财"的年画和一张艳俗美女图。房间正中是一个最简易的木板架，白漆底面，上面竖列着两排红漆文字，"梁思成先生林徽因女士"，下面是两个黑漆旧体横字"旧居"。简单得不像样，朴素得过了头，让人瞠目。

里间的房子，是林徽因的母亲和孩子住的，现在堆放着梯子农具等，无法下脚。

左边的一间房，是当年梁林二人的卧室，当年只有病中的林徽因有一个帆布床。在一张照片中，瘦骨嶙峋的她正躺在这张床上，背后是一个简易书架，上面却堆满了些大部头书籍。如今这房间却早已不是当年模样，堆满了各类农家杂物，但窗前仍保留了当年的一张书桌。当年林徽因是否就坐在这里写下了《十一月的小村》？她的眼睛从这里穿出去，穿过门窗、院墙、小村，穿过时间、病痛和战争，一直到达她所热爱的遥远的朝代和"现实的背面"；坐在这里，头顶上不时会有战争期间那种带着"威胁的轰鸣声和致命的目的性"的日寇飞机呼啸而过，而她，全身心都浸泡在汉代文物和现代诗歌中，个人在那个时代的存活已属不易，她所积极参与的正是她所疑问的："谁又大胆地爱过这伟大的变换？"

我心目中的林徽因，是现代新诗中的第一人。当然文学史和评论家不一定这样看。当年，我偶然在一本杂志上看到她28岁时写的一首诗《别丢掉》，（那几乎也是二十多年前的事了）让我非常喜欢，也让我记住了她的名字。那时我甚至不知道她跟建筑有什么关系，我仅仅把她看成一个诗人，"叹息式的渺茫／你仍要保存那真"，"玲珑的生从容的死"这样的句子，《九十九度中》这样的小说，《窗子以外》这样的散文，跟她同时代的诗人们的矫情写作如此不同，更让我注意。也许正由于学工程出身，她的诗，包括小说，都体现出一种刚烈、克制和明朗、大气，全然没有那一辈新文艺作家所盛行的颓靡滥情之做作。

第一次听说她为中国现代建筑学所作的贡献，是出自一位学建筑的朋友口中；第一次看到她的照片，是在费慰梅所著《梁思成与林徽因》一书的封面上；第一次读到关于她在李庄的资料，也是在这本书中。当时看着林徽因穿着旗袍站在天坛正修缮着的祈年殿顶上，想着她就这么爬上爬下，骑骡子，坐卡车，走泥地；到处考察中国古建筑，攀梁上柱，测量分析，临摹细节和拍照。然后，写下那些个动人和重要的文字《平郊建筑杂录》等，不由得对她敬佩有加。

林徽因在中国沉寂了几十年，最近几年突然火起来，关于她的传记，出了好几本，还有出版社出版的《林徽因文集》。究其原因，到底有多少理由，是因为如费正清所赞许的"在我们心中，他们是不畏困难，献身科学的崇高典范"？讹之又讹、捕风捉影、喜闻乐道的大部分，是关于她与诗人徐志摩的所谓千古佳话，拜电视连续剧《人间四月天》之托，满城争说林徽因。连我一位搞建筑的朋友也在电话中，与我讨论林徽因当年是嫁梁思成好，还是嫁徐志摩好。不消说，按照肥皂剧的规律，林徽因被演绎成一个迎风流泪、见月伤情的美丽苍白小女人，与另外两个女人一起，依傍在新月派诗人徐志摩的身边。今年上半年，我听某建筑界人士说，他正策划筹拍一部《梁思成与林徽因》。二十集，业内人士参与，不用说，连我都觉得有卖相。看看那些卖点吧：徐志摩为她而死，金岳霖为她不娶，泰戈尔为她赋诗，更不要说围绕在她四周那些著名的文人雅士和三十年代的风流逸事了。就是不知会不会拍她在李庄街头拎着瓶子打酱油买醋？会不会拍她在李庄五年时间里，在身体的病痛和无休止的家务事中挣扎？躺在病床上写诗，写小说，和梁思成一起编校《中国建筑史》，工作到半夜；为营造学社的经费操心，为两个孩子缝补衣服袜子，为落难中的高级知识分子之间的内耗伤脑筋；同时，还要为自己渐成空洞的病肺煎药熬汤。这些事情，拍成电视肯定影响收视率，但这些点滴真相，才是林徽因生命中最重要的内容。

从1940年年底，到1945年年底，林徽因在这个"缺乏最起码的生活设施"的李庄，虽罹重病，但仍保持她的创造天赋和坚毅乐观态度，并以此感染周围的人。梁思成曾说：在战争时期的艰难日子里，营造学社的学术精神和士气得以维持，主要应归功于她。她在李庄完成了诗作《一天》《忧郁》等，论文《现代住宅设计的参考》，协助梁思成编著英文注释的《图像中国建筑史》。梁思成也在李庄完成了中文的《中国建筑史》，试图把他和营造学社其他成员"过去十二年中搜集到的材料系统化"。就是这么一个落后、偏僻、贫穷和与世隔绝的小镇，在战乱的几年里，聚集了许多后来成为中国知识界重要人物的人。他们在此继续从事学术研究工作，尽可能用一种原始的手工方式，出版自己的研究成果。如今这些人中的多数都已逝去，但他们在李庄的工作和思考以及成就，却是一段永远不可复得的记忆。让我不可思议的是：那些凭林徽因之名而获利的影视、出版界的单位和个人，却并无一个想得起来为梁林二人的故居，做一点小小的事情，整理一下李庄的历史资源，维持一下故居的基本形态，以纪念他们的……

当然，"纪念"这种形式，也可以是多种阐释和认识的。与我一起同去李庄的朋友，建筑师刘家琨以这次李庄之行，作了一个长9米、宽3米的照片装置《李庄笔记》，参加今年四月在北京中国美术馆举行的纪念梁思成一百周年诞辰《梁思成纪念馆构思方案征集》展。这个以当代实验建筑和当代艺术作为纪念形式的学术活动，是第一次真正意义上的对梁思成的追忆。刘家琨这个作品中，有一句话说得好："我们几乎是把他的毕生呵护的东西都破坏殆尽了，才又来纪念他的。"这句话用到林徽因身上也一样适合，而且这破坏还在继续，除了物质性的破坏之外，还在以一些变形的、谬误的、可笑的"纪念"方式，把这破坏指向诗人本人。

1935年，林徽因写了一篇《纪念志摩去世四周年》，对身后事，作此豁达平静心情："我们的作品会不会长存下去，也就看它们会不会活在那一些我们从不认识的人的心里……这种事情它有它自己的定律，并不需要我们的关心的。"从她说这话到现在，五十五年过去了，在这个她曾经艰难生活和工作过五年的地方，她的存在，她的作品，她的气息，的确以一种"润物细无声"的铭记方式，进入了我们这些她"从不认识的人"的心。

去李庄时，本不愿凑热闹挤进林徽因的"纪念"人群、"纪念"纸张、"纪念"逻辑中去；但回来以后，不时地想到那个已经消失记忆的李庄，只剩下空间概念的李庄，那个快要消失的土木结构的上坎村，也许最后只剩下地理位置的上坎村；由不得也写下这些文字，这些被她称为"间接的生存"的文字。这些询问，也可能无力，也可能虚空，但也可能让我们记住"这美丽的后面是什么"。

最后，我很想知道那位想拍电视剧的业内人士，是不是根据梁、林二人的好友、美国费慰梅女士的传记《梁和林》改编的，这是唯一一本让我感动和全面了解梁、林二人生平和思想的作品。文中出版说明的套话中，一如既往地对西方作者说了些陈词滥调：由于作者受历史和国域局限，对一些问题的看法和观点与我们不尽一致，或相距甚远。不知文中含糊的"我们"是指的谁，但我却与这个"我们"的看法不一致，我也恰恰"分辨"出：比起国内作家所写的传记来，这是一本真正严谨，有学术和文献意义，弥足珍贵的传记。不仅仅因为他们两家的长期友谊，而且还因为费女士多年的关切和注视，长期的精神上的支持和理解。而且，出版此书是"为了纪念他们的成就、创造力、仁慈及支持他们勇气的幽默感"，而不仅仅是向读者提供点《人间四月天》这样的热卖影视题材，和让人起鸡皮疙瘩的那些滥情传记，以及文笔可怕的肉麻文章。

1996年

艺术拥抱墨西哥

　　在墨西哥城，有一座著名的私人博物馆：上世纪诞生的墨西哥最杰出的女画家弗里达·卡洛的故居——那所我在画册上经常看到的，非常典型的墨西哥庭院。蓝色的墙，红色的基石，种满剑麻和仙人掌及别的热带植物；带有强烈的印第安色彩的大陶罐，各种各样的彩陶瓷盘，阿兹特克文化特色的石雕石像布满每个角落。曾经成为她不朽题材的那些孔雀和狒狒，猴子和小鹿；猫在庭院里漫步。这里还有一个人们所熟悉的形象：一个盛装的墨西哥女人，绚丽的本土特旺纳服装。斑斓的各类南美项链与戒指，层出不穷的发髻与装饰。卡洛的博物馆和卡洛本人，就好像墨西哥文化和艺术的一个缩影：民族文化与现代艺术的综合体。

　　南美的阿兹特克文化，是多神教的文化，对生命的神奇探究是墨西哥文化古老的成分。在哥伦布到来之前的印第安原始艺术中，半人半兽的生命，是象征着延续和再生。印第安人假定人类与其他生物分享同样的生命材料，因此，世界万物的生命等同。这样的文化观，使得阿兹特克的万物崇拜弥漫在原始艺术和巫术仪式中。在大量的民间艺术如壁画、工艺品、祭坛画中，人、兽、鸟、星辰、微生物，有着与人类相同的意义。

我曾经去过一个墨西哥小城提瓦那，在那里到处充斥着许许多多的墨西哥土著艺术品。在墨西哥，它们在一代又一代的民间艺人手中，发扬光大。墨西哥的民间艺术家很多，且大有传人。他们大多开一家前店后厂的小商铺，然后手工制作各种工艺品：自制的面具、烧陶、雕刻，以及图案鲜明的地毯。墨西哥人喜欢那些能够产生毒素的动物，如蜥蜴、蝎子、毒蛇、癞蛤蟆等各类爬行动物。在他们的信仰中，这些五毒俱全的家伙可以避邪，女巫和祭师们都少不了它们。在这里，最打动我的东西，是墨西哥特色的陶瓷品，具有印加文化特点的陶罐和黑陶器。

我在一家最大的工艺品商店里，买了一个红陶土做的提梁壶，上面有手绘的动物、天空、云彩，以及植物，两边的提耳用麻绳绾就。另有一个彩陶做的盒子，把盒盖揭开，里面是一只可爱的彩色蜥蜴。我曾在卡洛的书上看到，她在自己的病床上挂着这样一只蜥蜴。在墨西哥的传说中，蜥蜴是吉祥物，尤其是可以让病人早点康复。我还看见一个象征繁衍，象征生命力的小陶像，它象征这个多神教的国度。那是一个母亲形象，她身上爬满了孩子，她的笑口朝天，似乎是在感激那超自然力的繁殖之神对人的恩赐。卡洛也曾以她的印第安奶妈为题，画了一幅画。画中的卡洛化身为婴儿，吮吸着奶妈的乳汁，喻义着她的艺术母源，正是墨西哥土著印第安文化。

印第安本土艺术中的许多意象都被墨西哥的艺术家们作为自己的创作语汇。在他们敏锐的视点里，将这些原始直率的民间艺术，结合进自己的绘画中，并加以某种改革，是对本民族文化的思考。

墨西哥的原始艺术孕育和吸引了整整一代墨西哥现代艺术。20世纪上半期，墨西哥的大型壁画运动，席卷了整个拉丁美洲，其影响力甚至波及美国。壁画运动，正是墨西哥艺术家们回归本土文化的一个主要倾向，他们从古代玛雅、阿兹特克艺术中汲取灵感，复活了前哥伦比亚时期古老而悠久的文明。著名壁画家迭戈·里维拉（弗里达·卡洛的丈夫）在拉美地区的威望，甚至超过了毕加索。2007年年初，我和几位画家朋友一起去了墨西哥城。在这个首都最有名的广场，在总统府，我们参观了迭戈·里维拉最著名的壁画。那些壁画的尺度，大大地超过了我的想象和预期。我当时就想起了现在中国艺术家们，也正在画着尺寸越来越大的画作。可以理解：尺度，是最直接的力量。

相比之下，卡洛的绘画尺度，却与她丈夫相反，小得让人不敢相信。但是，我个人认为，这样小的尺度，并没有影响她作品的力量。相反，在这样小的限制中，她把其中的丰富性表现成为另一种力量。卡洛的绘画，正是把印第安神话与她的个人神话，墨西哥民族的历史和她个人的现实，全部融进她那色彩斑斓的颜料中。她最完美地表现了墨西哥艺术的传承和创新。与弗里达同时期的另一位杰出女画家雷梅迪奥斯·巴罗，也曾从墨西哥文化中久远而深厚的幻想（包括玄学，炼金术，巫术等）中汲取营养，使自己形成一种类似于魔幻风格的画风。她的画精美细致，梦幻般幽深。神秘、诗意和唯美是她的作品的特征。像那些原始艺术一样，她的画面似幻似真。在新一代墨西哥艺术家的作品中，魔幻和神秘想像力是一大特征，他们为保持墨西哥特点和尝试进入国际视野，正付出努力。

当今的墨西哥艺术，正是在这些已退化的部落文明与发达的都市文明之间双重探寻，使得墨西哥艺术就像它们赖以生长的这片神奇土地一样，具有历久弥新的独特面貌。

弗里达的神秘星球

1990年，我住在纽约。一天，在苏荷，一家艺术书店的门口，我无意中翻到了一个女艺术家的画册，那是墨西哥女画家弗里达·卡洛的画册。那时，我从未听人说起过这个名字，尽管我一直混在艺术圈里。可以说，在20世纪80年代，通过各种地上或地下的杂志，我们了解了西方众多艺术潮流、众多重要的现代艺术家。可是，在我出国之前，我从未了解过一个重要的西方女性艺术家。此刻我发现，拿在手上的这本画册，是我一直错过的"女性艺术"，那是我从未见过的、独特而又震撼我心灵的艺术形式。最重要的是：我在其中，发现了自己的影子。

20世纪80年代，我已完成了作品《女人》《静安庄》。可以说，在弗里达的画作和我的诗歌里，我们都从自身生活和经验出发，从女性视角出发，去认识和描述这个世界。隔着不同的时空，我从她的作品里，印证出自我。

弗里达年少时遭遇车祸，一生中，动过三十三次手术，

103

终生都在与手术和病痛为伴，她的作品，也毫不隐讳地表现了这些伤痛。她因此画出了独一无二的自画像。女性经验和人生创痛，使弗里达本人和她的作品，如同坚韧的破碎之花，开出最绚丽和独特的艺术之光。当年，毕加索在巴黎看到弗里达的自画像后，曾对弗里达丈夫迪戈说："无论是德兰，还是你我，都没有能力画出弗里达这种肖像。"

在纽约，我买下了那本传记式的画册。那个夏天，我一直在读那本画册，读弗里达·卡洛的画，也读她的生活。她的画，与她的生活，是分不开的。同时，我也读到了"蓝房子"。那个代表了弗里达生活和创作的重要地点。从书上可以看到，它是一个非常独特的地方。

第二年，我和友人取道美国圣地亚哥，去了墨西哥边境的一个小城。那是一个独一无二的海关，一道铁栅，是墨西哥和美国的分界线，随手一推，我们就进了墨西哥。但是以为回美国也是如此容易就大错特错了，当我们晚上从小城回到美国海关，美国人玛丽亚被放进了海关，而我们，在一片说"不"的声音中，被拒绝入境。我绝望地感到我们将要成为一个无国籍之人，护照在美国，出生地在中国，最后在墨西哥，成为一个"悬空者"。

当时，我茫然看着四周，弗里达·卡洛就在这里，这里是她一咏三叹的南美最古老的传统，它就在脚下涌动。我想，要是趁机去墨西哥城，看看卡洛的故居，那多好。可是，我的护照还在纽约呢。目前，寸步难行。

在那个墨西哥小城，我们看到了许多南美民间艺术品，自制的面具，手工艺品，雕刻。它们中的许多意象，曾被卡洛作为自己的创作语汇，在她敏锐的女性视点里，这些原始直率的民间艺术，都是自己绘画的灵感。在一家商店里，我买了几个面具和一个五彩蜥蜴，我曾在画册上看到，当弗里达躺在床上，那个牵引她背脊的牵引架上，就挂着这样一个五彩蜥蜴。在墨西哥文化里，它代表吉祥。后来，一个美国女官员大赦我们之后，我带着面具，回到了纽约，后来，回到了中国。

1994年，我写了一篇关于弗里达的文章——《坚韧的破碎之花》。第二年，我完成了关于弗里达的一首诗《剪刀手的对话》。很长一段时间，她的气质与精神，深深地影响着我。

去墨西哥卡洛故居的愿望，一直萦绕在我心里。那座蓝房子，成了我的神往之地。终于，2006年，我跟随一个艺术家组织，去了墨西哥。我强烈要求在旅行计划中加入参观弗里达故居的项目。所有女艺术家都支持了我。逗留墨西哥城的时间里，我们破例地修改了路线，去了弗里达出生的所在地，也是她度过一生的故居：著名的"蓝房子"。也去了"双塔"，那是卡洛和里维拉的工作室。

我们那天非常幸运，并未等太长时间，据说，后来想去参观蓝房子，要排两小时队，且必须在网上预约。也许是电影《弗里达》的传播，也让蓝房子在世界上更加有名。

总之，在这两个博物馆里，我终于看到早就在书里、电影里看到过的那些场景。

蓝房子，是一个典型的墨西哥庭院，卡洛出生在这里。整个庭院是用浓烈的蓝色漆成的，庭院里，有一个相当独特的阿兹特克祭台，因为，弗里达一生都热爱墨西哥原住民的信仰——阿兹特克文明。她的作品与她的日常穿着，都充满了阿兹特克元素。蓝房子里有一间小小的画室，她的许多重要作品，都在这里完成。这里有她长期卧床的病房。当她因车祸致残时，她的母亲在她的房间的天花板上，安了一块巨大的镜子，这样她能够躺在床上画画，画自画像。她当时只能长期躺在床上，她说"我画自己，是因为许多时光我都是一个人度过，我最熟悉的主题就是我自己。"

母亲的这个主意，影响了卡洛一生的创作。她后来画了大量的自画像，但是，弗里达的自画像，远远超越了自我，而是与宇宙、大自然，和世间万物连在一起的，具有象征和深刻的意义。最重要的是：弗里达的艺术，是独立的，不在西方主流艺术系统里，甚至可以说，是反西方主流系统的。她的资源来自于南美印第安历史和神话，以及自身的痛苦。

在这个神秘的蓝房子里，她画下了不朽名作。同时，度过了她晚年最后的余生。护身褡上画下镰刀斧头的大床，依然还在。里维拉和朋友们，就是从这里，连床一起，抬起她，送她到美术馆去参加她最后的，也是生前唯一的个展。偏院展区，展示了一组弗里达用过的医疗器械，包括画有镰刀斧头的护身褡。由此可以体会到她一生的病痛，及由此而产生的那些极具特色的画作。

此外，故居也展示了大量弗里达生前穿过的墨西哥传统服装，弗里达年轻时去美国，因为反感美国人造作的穿着，一直身穿墨西哥土著服装去参加各种聚会和宴会。别的女人争奇斗妍，她却鹤立鸡群。在美国时，她最爱去的是唐人街，曾在那里买了一件中国传统服装，回国后，经常在蓝房子里穿着会客。

去年，是弗里达·卡洛一百一十周年诞辰，英国伦敦维多利亚和阿尔伯特博物馆（Victoria & Albert Museum）展出了关于她的大型展览《弗里达·卡罗：构建自我》。展览中，不仅有她直击心灵的个人肖像，还展出了她的二百多件衣物和私人物品——这些物品一直被锁在蓝房子内，直到2004年才面见世人。我有幸在2006年，看到了它们。

那天，在弗里达故居纪念馆里，我坐在庭院里，看一部关于弗里达生平的纪录片。在我身旁，坐着艺术家叶永青和甫立亚的女儿叶甫纳。同行的"艺二代"，有好几位；但只有她，竟然与我坐在一起，聚精会神地观看弗里达的生平。我们俩一直坐到别人催促我们上车才离去。我对叶甫纳说，我最喜欢的艺术家就是她。她说，我也是。

几年以后，叶甫纳长大了，成为一个成熟的艺术家。有一次，我在杂志上，看到她作了一个录像作品，模仿和扮演弗里达的著名画作《水之赋予我》。后来，她妈妈告诉我，她还制作了一个影像和视频作品《两个弗里达》。她一人分饰快乐与痛苦的两个"分身弗里达"。服装和道具，也是两个女艺术家，她和妈妈，自己动手制作的。我想：叶甫纳对弗里达的热爱和灵感，也许，就蕴藏于我们默默坐在蓝房子庭院的那一天。

离开弗里达故居纪念馆时，我买了一件T恤、一个手工的传统工艺品。两样东西上面，都有我最喜欢的、也是卡洛最著名的画作《两个弗里达》。（叶甫纳正是以这幅画为题材，以新媒介和自拍照的方式，重新演绎了《两个弗里达》，想来，她也是非常钟爱这幅画的。）

画中，右边穿着墨西哥传统服装的，是迪戈深爱的弗里达，而左边穿着维多利亚婚服的，是被他抛弃的弗里达。被爱的弗里达手里拿着迪戈的雕像，而被弃的弗里达，左手手术钳掐住了流血的心脏。两人的手拉在一起，两个人的动脉，绕过脖子，连在一起。后面的乌云翻涌，象征着她和丈夫的婚姻危机。弗里达通过这件作品，表达自己的双重人格和矛盾心理。

T恤一直被我保留着，有时，我会穿上一穿，两个弗里达贴在我的胸前，好似被弗里达附体。我会穿越到墨西哥，穿越到卡洛的故居——那个曾接纳过无数名人的庭院。那些曾与卡洛一起生活，并成为她不朽题材的狒狒、小鹿、鹦鹉，也都不在了，留下的，只是石板缝里渗出的沧桑和满院的鲜花，以及全世界赶来缅怀她的人。我会想起坐在蓝房子里，观看弗里达留下来的影像，在那些被记录下来的时刻里，她依然生机勃勃，她是全世界女性的榜样。

另一件从蓝房子带回来的小工艺品，我一直摆在家中最显眼的位置。前一阵子，它们都排上了用场。为了参加一个手机摄影展，我用这几样道具，在自家阳台上，在一间废弃了的庭院里，请了两位女诗人作模特，拍摄了一组照片。在这组照片中，我挪用了弗里达的色彩，挪用了弗里达最著名的眉毛，挪用了她最爱穿的墨西哥民族服装，最后，挪用了《两个弗里达》的意象。这组照片的名字，就叫《向弗里达致敬》。

　　如果说，女性一生中，有一个不容错过的地点，有一个远方，那就是弗里达的"蓝房子"。在那里，你会找到自我，找到生活的激情和坚不可摧的意志。找到如何超越个人不幸，进入艺术之境，进而去探索生命普遍的残酷，并随之成长。正如弗里达蔑视自己的厄运时说："我既然有翅膀能飞，干吗还要双脚呢？"

你拥有的世界

你说草我就看见绿

你说花我就看见各种颜色

你说天我就看见蓝

你说绿色我想起坟墓前的松柏

这是一首特殊的诗，只属于周云蓬的诗。

对于大多数人，这首诗都是颠倒过来的：我们总是先看见草，再说绿；先看见绿，再说坟前的松柏。这使得我们的想象力贫乏和无聊，"黑夜通向黎明，多乏味"（周云蓬诗句）。周云蓬在这首诗里，用了很多"想起"。他的"想起"，或他想起的，大多都是九岁之前的彩色世界。如今，他的"看见"，却是黑白底片；他的诗，也黑字白底，印在这些底片上。周云蓬诗中的诗意，因此，也是与我们不一样的色度、色差和色温。对他来说："意识"就像一个大房间。"活着的朋友跟你并无瓜葛／但当他死后／他就开始成为你的亲人了。"于是，搬到你的意识房间里住下，"跟你讨论问题"。像活着一样吵架，发脾气；等你死了，又一起搬入另一个人的家。这里，活着与死去；黑暗与光明；天与地，亲与疏之间的距离和界限，都被模糊了。死亡，变成了一次愉快安宁的搬家。黑暗，成了一个温暖的窝。思念，成了一大团毛线包裹的幸福。诗人只身面对黑暗，又转头向我们描述：黑暗只不过是光明的附属物。就像他说的："离开人远了，你就能看见人群。"

周云蓬的诗里，充满着这些小小的哲学命题："忍受日复一日的重复"，只为了等待，"最终的死是没重复过的"。周云蓬的诗清澈，透明，不矫饰，简洁又意味深长；不消说，充满了音乐性。这是"歌手"的属性，因而，赋予了"诗人"另一大优势。最能说明这一优势的诗，是他脍炙人口、由此获奖的著名诗作《不会说话的爱情》。这是一首不用说话，但能传诵一世的爱情诗；是一首比说话更铿锵、更动听的美妙诗作；是一旦开口，便成歌谣的"爱情三叠"：

> 日子快到头了果子也熟透了
> 我们最后一次收割对方从此仇深似海
> 你去你的未来我去我的未来
> 我们只能在彼此的梦境里虚幻地徘徊

诗人们梦寐以求的汉语的"音乐性"，周云蓬拨弄吉他，唾手便得。一韵三叹、余音绕梁、荡气回肠，这些形容音乐的成语，可以拱手献给周云蓬的歌和诗。对于他，歌的风格，便是诗的风格，既民间又充满古典气质。周云蓬的诗和歌，都从中国《诗经》及唐宋诗词中寻找源头。今年十一月，我在白夜听他拨弦吟诵杜甫的诗，音律铿锵，吐词如珠，让一众粉丝们如醉如狂。这是周云蓬独特的吟诵和独特的语感，是一个诗人和歌手的敏感所在。

周云蓬自己说过："诗是有声音的，甚至有口音，正如我靠听觉认出说话人是谁一样，能在诗歌里贯穿一种特有的语气或者语感，那一定是一个找到了自己风格的好诗人。"他自己很早就找到了这种语感、这种声音。

曾经，当记者问东欧诗人兹别格涅夫·赫伯特"诗的目的是什么？"，赫伯特回答："唤醒。"我们身处的现实，是复杂和支离破碎的。诗人在当代生活中，使用语言的特殊词义，正是要唤醒日常生活和日常语言中的平庸和疏离，让我们重新面对现实和语言的支离破碎，重新创造语言的张力，以面对世界发言。

周云蓬的诗，周云蓬的歌，正是具有这样一种"唤醒"的精神品质和现实承担，同时具有一种对人性和存在的温暖慰藉。

《盲人影院》是周云蓬的精神自传，讲述了他九到三十五岁的经历。一个九岁的孩子失明后，只能在影院里

"听"电影，"银幕上长满了潮湿的耳朵""四面八方的座椅翻涌"。人坐在座椅上，心却"水击三千里，抟扶摇而上者九万里"。那是周云蓬特殊的想象力，是他得以成为歌手和诗人的特殊经历和特殊感受。他的诗谱成歌，便朗朗上口，让人感动，因为他的诗，充满真诚和真挚的情感。而他的音乐悟性，又使他对诗的语感，具有专业的驾驭能力。

在这首诗中，周云蓬"听"电影，回顾自己的一生：爱、恨、诗、酒、思考上帝、关心国家和种族。他对现实的关注和发言，既超越了一个盲人，也超过了众多民谣人，甚至超过了许多小情小调的抒情诗人。他广为流传的《中国孩子》，是为克拉玛依大火中逝去的孩子而作，从中，能听到周云蓬极端绝望和愤怒的心声。他对现实和周遭的冷酷愤怒；对权势和权势的效忠者愤怒；对我们这一代人（诗中的爸爸妈妈们不正是我们这辈人吗？）的麻木愤怒；对大火中逝去的（不仅仅是逝去的，还有正在生长的）孩子们的悲悯，这些，全都变成铿锵的弦外之音，直指人心。让我想起英国著名诗人迪兰·托马斯的诗句："第一次死亡之后，再没有第二次生命。"

关注现实，当然还有现实中的自身，《民谣是什么》这首诗，犹如周云蓬生活写照，也是大多数（可以说是整整一代）中国民谣诗人的生活经历，他们曾经辗转于圆明园画家村、树村、西北旺、草场地、通县，居无定所，颠沛流离。到酒吧唱歌是大多数歌手的选择，以卖唱、走穴为生存手段。大多数时候，大多数人，面临生活的潦倒，内心的失落，创作也难以获得认同。所以，很多歌手酗酒，麻醉自己。周云蓬在诗中展示了这令人绝望的一面，但是，又从另一方面，向人们传达了行吟诗人般的民谣歌手们浪漫逍遥的生活方式。

> 民谣是你骑自行车远行
> 后面带着女友
> 路旁有大片的麦田

诗人扎加耶夫斯基说："诗歌召唤我们来到生活的最高处。"对于诗人来说：这个"最高处"，就是诗人的创造力、想像力，是诗人有别于其他人的精神高处。它使我们的生活超出缠绕的现实而向上飞升。

由于同样的原因，我很喜欢这本诗集里《这是第一天》这首诗。题目是"第一天"，开篇却写的是"第三天"。不说"疼痛"本身，却拟人化地写道："疼痛在夜晚给你写信。"

> 薄薄的手术刀
> 像枕边的残月
> 切开你
> 取出你身体里的另一所医院
> 包括所有的死人和悲伤的活人

这是一首完整成熟、充满奇幻感和天真气息的诗。读它，犹如看宫崎骏的动画片："疼痛"像一个动画小人，"你的身体"里还有"另一所医院"，这些医院啊，死人啊，悲伤的活人啊，药丸啊，都是小人国里的人，一根白头发，变成一星磷火；连这磷火都充满孩童之气，负气而离开"你这个不爱行动的人"。

　　这是周云蓬诗歌的黑暗底色中一抹明艳之色。得益于他想象力超常的独特视角。他这个人，他的歌，他本人具有的成人和孩子的双重气质，在诗中暴露无遗。

　　读周云蓬的诗，听周云蓬的歌，诗亦沉潜，歌愈怒放。

第三辑

一天从喝咖啡开始

一天从喝咖啡开始

这个坏毛病已很多年了：无咖啡不欢。虽然坏毛病影响睡眠，我亦自知。但依然如故：一日无咖啡，全天不快乐。

喝咖啡时，总是与阅读连在一起的。小时候，有糖吃，奢侈。有书读，也奢侈。所以，我总把两件事，并作一处，享受双倍快乐。一边唇舌回甜，一边触手生香，赏心悦目啊。现在，不敢吃糖了，各种害处，不一一枚举。改为咖啡伴读，咖啡也有害，但有利有弊：提神、醒脑、制造快乐因子，听说，亦利心脏。所以，要说一天，则从咖啡开始：一边唇舌生香，一边纸墨蕴情。

今天，读的是别人送的《镇江诗词一百首》。今年，三月烟花下镇江，与几位诗人朋友一同游金、焦二山，登北固山、亭，访昭明太子读书处，寻《梦溪笔谈》诞生地，过《文心雕龙》作者家，上句曲茅君骑虎处。盘桓数天，意犹未尽。今天，再往纸上做一神游。"何处望神州？满眼风光北固楼"，历代文人墨客，万余吟咏诗句，读来，真是满口余香，中饱肚肠。

喝咖啡，读古诗，十三不靠，却也混搭有趣。比起一定要茗茶伺候，焚香净手，搞得古色古香，却也不必。门外即高楼，窗外有噪音。今月虽曾照古人，古月却无论如何也照不到今人身上，——因镇日里雾霾重锁，浊气生烟。古诗的意境，今人也只能在书中、纸上，作浸入式体验了。所以，咖啡无妨。

读过几遍，兴之所至，不由得手痒痒，很想来一首仿古诗。日前，曾与西川聊过旧体诗，因他，也从镇江去来，并才思敏捷地撰过三首"吊昭明太子"的旧体诗。居然妥帖稳当，对仗工整，平仄讲究，让我大为赞叹。记得小时候学古诗词时，也依样画葫芦写过一些，但终不得要领。今天，竟又受西川感染，决计要戏作一首旧诗。游戏嬉戏，噫乎是哉。

今人写古体诗，很难得其精髓。故因时空已变，情景迥异，也因心境。想古人定是一上午枯坐，饮茶赏梅，观察良久，思绪杳杳；或又登高眺远，行至水尽，细思冥想，才阔笔写出江山之美，时序之迁，节物之变，人事离合。这与农耕社会的闲淡、无事、心静，是有关联的。如今，我们都心浮气躁，一天起床来，便有无数事情在等待：微信、电话、应酬、活动。观花若得十秒，便已足够；品茶能得半时，已属不易。这种心境，与古诗需有的意境、情趣、神韵均不匹配。

末了，我开始由手边此书写起，题目唤作《京口怀古·读镇江诗词一百篇》。镇江古迹甚多，可怀古的，大有所在。可巧，我正在纸上，神游至辛弃疾的《永遇乐·京口北固亭怀古》，那是我少年时，便颇为喜爱的一首词。其沉郁豪壮，淋漓顿挫的雄厚笔力，一向为我倾倒。我当然不敢攀比此书的压卷之作，只是取其："风流总被雨打风吹去"之意，回顾千古英雄无觅处——后生晚矣，膜拜顶礼。再末了，以后人、女性之视角，追忆前人历史奇勋，抒怀近日登临之意。

一上午摩拳擦掌，吟哦良久，既想追古人精神之余韵，又欲顾新诗之开放视野；笔锋摇曳，敷色飘然，好不累人也。最后，总算从自身最关注的问题和思考出发，习作了一首仿七律诗。诗中末联云：吟满噙香一百篇，并无雌音入苍狼。

末联，也许算是一上午读诗咀嚼的结果：读完《镇江诗词一百首》，没有看到一首女人写的关于镇江的诗。那沧浪之间，回荡的，都是男性的音律。在女性缺席的年代，"雌音"含有另一重意义。"婉约派"也许就成为男性代替女性声音的一种表达，或者说：由男性发出的"雌声"，充满了男性的自恋和对女性的想象。

不过，诗成之后，发现一个小小的错误：书中收有一首杜秋娘的诗。然者，虽《唐诗三百首》将一首《金缕曲》收至末首，并注为杜秋娘所作。实则《全唐诗》仅注其为无名氏撰。杜秋娘生为镇江人，被收入其中，叨陪末座，并无不妥。而我末联的这一感慨，也属合理。想到古时女子，多数时候"长在深闺人未识"。出门就少，更遑论"行万里路"，及至登高访幽，遍游胜山，更难做到。再有，"女子无才便是德"的古训，影响着她们。即使无聊之中，也曾有人"读万卷书"，也曾有人涂写过一些诗句，但，若无易安居士的幸运，有文人丈夫唱和支持，纵有稀世文采，也只能付诸一炬，或任之东流。一想到此，便有"异代不同时"的情形和感慨，庆幸后生晚矣。斟上咖啡，饮一大杯。

平常时光，上午阅读，下午写作，是我的习惯。近日，因起床较早，今天，便两件事一并做了。也是因为下午，有一艺术家朋友的个展，我要去观展和参加他的作品研讨会。

元典美术馆在一僻静小街，若无导航，实难找到。朱金石是我在德国认识的朋友，他是无名画派的老前卫艺术家，几十年过去了，他仍走在艺术最前沿，在德国期间，他常制作大型装置。如今，他的作品是大型绘画与大型装置的结合。

进门处，是三张巨大的空白画框立在墙边。同去的朋友陈思安和我，就猜测朱金石在上面画过没有？若画过，画了几笔？随后赶来与我们汇合的广东诗人郑小琼和塞壬，在旁边嘀咕："这是作品吗？"我说：是作品啊。然后，我把她们一搂，站在空白画板前，拍了一张照，我说：现在变成另外一张作品了。

我们嘻嘻哈哈地走进展厅，展厅不大，但空间不错，大约有十几张新作品。金石现在的作品称为"厚绘画"，顾名思义，这些绘画，都是用很厚的颜料堆出来的，与一般人理解的绘画，有很大出入。站在画前，仔细研究，发现每幅画里的颜料都很丰富，富有层次，甚至可以说：很有难度。并不是表面上看到的，只是颜料堆上去的效果。小琼和塞壬又开始嘀咕了，说看不懂。其实，抽象绘画和现代诗歌，是颇有相通之处的，并都是普遍被认为看不懂。二者一样，都是需要长时间关注这个领域的风格、流派变化，对具体作品揣摩、体会，才能渐渐解其精妙之处。何况，朱金石现在的绘画，已经超越了一般人对抽象绘画的认识。他的作品，结合了雕塑、装置、绘画、观念，可以说，他的境界，已是随心所欲，无拘无束。

晚宴时，见到元典美术馆馆长金秀花，从她口里听说：八月，将在元典举办北岛的首次绘画个展。挺期待的。

九点回家，不早不晚，想看一部电影，再睡觉。于是选了早听说过的美国电影《特朗勃》。《特朗勃》讲述两获奥斯卡最佳编剧的达尔顿·特朗勃的故事，着重于揭露50年代好莱坞黑名单事件。特朗勃曾经因为信仰共产主义而入狱，并上了好莱坞黑名单；为了生活，只好化名当编剧。最后，他的作品《罗马假日》和《勇敢的人》两获编剧奖，但在当时，都只能由别人领取。这是一个好莱坞反思黑暗历史的电影，让人感动。同时，不免又想到：这样的电影，能够在我们这里出现吗？

上床睡觉前，回顾这一天，想起小时候写课堂作文，最常用的那句结尾：多么有意义的一天啊。

2016年4月28日

麒派·画家·美食

　　某年某天，我和朋友一起去参加"Mr.chow"新餐馆的开张派对。Tribeca是位于纽约下城的新时尚地区，许多演员和媒体人士，都居住在这里。新开张的"Mr.chow"就坐落于此。

　　"Mr.chow"是Michael Chow的中国餐厅名字。Michael Chow是周英华先生的英文名字，周英华先生是中国京剧表演家、麒派大师周信芳先生的儿子。三个与中国有关的名字加上三个与时代潮流息息相关的城市，造就了一个有关中国文化的传奇故事。Michael Chow的餐厅共有三处：伦敦、洛杉矶、纽约。每一家"Mr.chow"都是那个城市时尚和艺术的标志性场所。

　　乍一看，"Mr.chow"的装修风格，是西洋和中国风格的结合：典雅、高贵且时髦；餐馆外观粗野，保留了这个地区的原生态的风貌。一条L形的廊台，围合了餐厅。自由开闭的门，既让内外贯通，八面来风，又可以让过往行人，一窥里面的浮华世界。一幅安迪·沃霍亲手绘制的周先生的肖像，悬挂在餐厅正中。一组好莱坞著名演员克里斯托弗·沃尔肯的画像，则出自美国著名艺术家朱·斯纳贝尔之手（我最近才知道，我所喜爱的电影《日落黄昏前》，正是斯纳贝尔导演的）。

周先生的设计思路，是通过一双顾客的眼睛，进入餐厅。他总是以一个有品位、细致、独到的他人的眼光，来设计自己的餐馆。因而他的设计，总是让人熨帖和舒心。哪怕你并没有注意观看，你的身体，也能够体会到那些细节。这样的设计，不分巨细，体现在餐馆的各个角落。比如：他自己亲自挑选了餐椅，一种有中国风格的圈椅。最精彩的部分，是椅背的高度。它和餐桌的高度相同，这是考虑到人未就座时的视觉效果。你会觉得这椅子是餐桌甚至是这房间的装饰的一部分，而不是一眼望去只看到突兀的椅背。椅背和椅腿是弧形的，为了不绊到客人的脚。与在西方的大部分中国餐馆不一样的是："Mr.chow"用的是最好的瓷器作餐具；请的是最英俊的意大利侍者；铺的是浆得挺括的雪白桌布；布置的是最考究的灯光；满墙挂的是世界上最有名的艺术家的作品。周先生最痛恨别人说：中餐是廉价而没有品位的。他说中国美食最为博大精深，是西方任何一个国家的饮食，都不能比肩的。因此，他一定要把中国美食中最精华的部分，以最美的方式，介绍给世界，这是他毕生都在做的事情。说到这里，是不是很像一个爱国老华侨的故事？

确实，连周先生的成长经历，也好像是一个这样的传奇经历。现在在国内，说起Michael Chow来，中国人大都不知道。但说起他的父亲周信芳先生，老一辈人听来如雷贯耳。正是坐在这家新餐馆中，我想起在很小的时候，看过由中央新闻电影制片厂拍摄的纪录片——《周信芳的舞台生活》。周信芳是与梅兰芳齐名的中国京剧表演大师，他七岁成名，在变声期后嗓音变坏，显得沙哑低沉。然而周信芳利用有限的自身条件，独创了唱腔古朴沉郁、道白苍劲铿锵的麒派表演艺术。麒派艺术影响广泛，已超越京剧老生艺术本身，扩展到其他剧种，甚至电影、话剧等领域。朋友李中茂，就酷爱周信芳的《徐策跑城》，每至酒酣微醺，就要来上一段。

作为周先生的次子，周英华先生十三岁时，被父母送到英国读书。他从此再也没见过他的父亲。十三岁就离开祖国，而且，人为地被切断了与家乡、父母、母语的联系，使周先生彻底变成了一个国际化人物。他的经历也变得有趣：童年长于中国，少年接受西方教育，青年时代活跃于西方文化的中心。周先生秉承了父亲的艺术天分：他当过画家，学过建筑，搞过设计，拍过二十多部电影。他更愿意被认同为艺术家，而不是仅仅被当作一个餐馆老板。尽管他的餐馆，实际上也已成为一个象征，被《纽约》杂志称为"时尚到极致的帝国"。事实上"Mr.chow"更像一个文化沙龙、一个世界各地艺术家的俱乐部、一个全球时尚人物都会前去光顾的大舞台。

那天，周先生告诉我们，他正在制作一个"名人明信片"，上面记载了到他餐馆用过餐的所有名人，有一千一百人。相信将来还会有更多的人名，登上这一名单——一份独特的名单。上面有很多人是他的好朋友：如现在已成为美国"当代英雄"的著名艺术家安迪·沃霍，从年轻时候，就是"Mr.chow"的常客。周英华很聪明地免费让他用餐，餐费则由他的作品换取。用同样的方法，他在那个年代，收藏了一大批日后成名的大艺术家的作品。与他同时期的著名艺术家朱·斯纳贝尔，在一段时间内，几乎天天都去他的餐馆，他说："我在他的餐馆中长大，我们在那儿，就像是经过一个成人礼。"据说约翰·列侬的最后一顿晚餐，也是在他的餐馆中用的。现在，这些在艺术史上各有位置的艺术家的作品，挂在墙上，使得这间餐馆，更让人瞩目。艺术家和演员，是最受欢迎的客人。因为周英华本人，就长期属于这两个圈子。现在，模特儿和时装界的宠儿们，也加入了这个圈子；因为他的太太艾娃（Eva Chow）是一位著名的韩裔时装设计师。他们两人拥有共同的时尚世界和"同一文化"（这是艾娃所强调的："我们要共同成为'东方人'。"）他们用自己的方式和自己的艺术，来向世界展示"最高标准"（周先生常用语）的东方文化。像所有生活在国外的华裔一样，周先生对自己的文化记忆，非常敏感。他对我说起关于"中国城"的英文名称之事。他说，在西方，一般把唐人街，都叫CHINA TOWN，但这个英文词，无论是从语言上来讲，还是从历史背景来讲，都是非常不恰当的，是带有歧视性的。不幸的是，中国人基本上都没有意识到这一点。

我临走告辞时，周先生再次对我说道：请你有机会一定要把这段话，写在文章中："中国人"的歧视性叫法是"CHINA MAN"；正确的叫法是"CHINESE MAN"。"中国城"的歧视性叫法是"CHINA TOWN"；正确的叫法应该是"CHINESE TOWN"。

　　此后很多年，周先生都在一面开餐馆，一面发展他的艺术，他说："无论获得多大的成功，心底里总有一块唯有绘画才能填补的空缺。"2012年，他再次拿起画笔，进行创作。去年，他首次回国，在上海举办了展览。此时，他自名为"麒派画家"，周英华的创作受美国抽象艺术家杰克逊·波洛克绘画自动化、任意化、即兴化的表征影响，又结合了大写意的中国元素。当然，据他说：受父亲艺术的影响，他的画面背后，也有京剧器乐节奏和表演动作的韵律。其实，直接影响他的是杜尚"现成品"的概念。他使用的材料除了成堆的颜料，还包括上千根订书钉、放在塑料袋中的美元、银箔、渔网、厨房用品等。

　　我还记得在"Mr.chow"的开张派对，我所看到的，正是一幕有着中国传奇背景的电影画面：满屋倩影摇动，华彩丽服，耀人眼花。自助餐是周英华先生精心安排的中国菜肴，有我熟悉的春卷和不熟悉的酱烧野牛肉。前厅里，乌玛·瑟曼笑对一片铺天盖地的闪光灯，周围掺杂着一群似曾相识的艺人面孔，时不时地有导演、制片人与周先生打招呼。现场的乐师奏出的音乐，充满了最新最嗨的流行元素。那些穿着化妆都透着诡异炫酷的模特儿们，穿梭在人群里。忙着应酬的周太太艾娃，戴着自己设计的别致项链，点染出一份非常好莱坞式的气氛。在我的邻座，刚刚落座的是当年奥斯卡影帝杰米·福克斯，如此近距离看过去，他的眼睛比其他人的显得更加明亮。

革命之路或玫瑰人生

童话故事，总是以王子和公主幸福地结了婚为结束，不会有多余的笔墨去叙述王子公主从此坠入平凡琐碎、油盐酱醋的婚后生活。既因为故事不再浪漫，也因为"少儿不宜"。若是小朋友们明白了浪漫的爱情故事接下来，是通往埋葬浪漫的坟墓，那他们从小心灵会埋下什么样的创伤，那是不言而喻的。

诗歌也不会去描写中年的爱情。爱情的颜色是粉红的，鲜嫩的，是"豆蔻二月"，是"芳草才芽，梨花未雨"（徐灿），即便雨打梨花，风摧芳草，那也是凄美的、婉约的、幽怨的、充满诗意并让人揪心销魂的。而中年后的爱情颜色，已褪为灰色沉郁，纵然写出来不免也是一派肃杀之气，是煞风景的事。

只有小说和电影，适合用来讲中年爱情，用细细碎碎之笔触，慢慢展开疲惫人生细节后面的点点滴滴，渐渐勾勒出平淡生活表面下的暗流湍急。在许多时候，平凡的人，平凡的主人公，平凡的生活，正酝酿着一次不平凡的风暴，被太多太久太稳定的状态积攒着的某些能量，会在某一天，某个时刻，某个微不足道的事件中，诱发出一根导火索。它们变得不可控制，变成威胁，变得具有攻击性。最终引爆自身，整个完美世界，从此崩溃坍塌了。较远的电影《罗斯夫妇的战争》和较近的获奖片《革命之路》都述说了这样的极端事例，当然，前者具有超现实的黑色笔触；后者则更逼近现实中的冷酷。两部电影的女主人公，都生活得无忧无虑，杯足钵满，看不出生活对她们有什么不公，或让她们觉得不美满的地方。也许这种状态用中国哲学思想来看，恰恰充满危险："满则溢"。这种外部的"满"，正日益升涨成一种内部的"不满"。

在《革命之路》里，夫妻俩的内心深处，都渴望着改变目前看似完美的生活，而去追求一种能够满足他们艺术感觉的新生活。但与许多情况一样，总是女人更有勇气去实现，哪怕为此付出巨大代价。而男人更容易得过且过，苟且偷生。《罗斯夫妇的战争》则更冷酷，更荒诞。夫妇俩原本过着富足、品位不凡、志趣相投的家庭生活，女主人公却突然产生厌倦，必欲赶走男主人公而后快。甚至，不惜大打出手，同归于尽，死相难看。两部电影最后的结局，都是女主人公欲挣脱"美满"的枷锁，欲逃脱完美无缺的婚姻，不惜飞蛾扑火。按中国人的眼光看，叫自作孽，不可活！

这样由平淡而变激烈的故事发生地，一般都是在经历过女权主义运动的西方，或是经济结构和社会结构都较稳定的日本等亚洲国家。在中国，大部分婚姻离"美满"还太远，广大妇女还在为捍卫自己的婚姻而战。尤其是在经过禁欲年代后的大陆，许多中年家庭，面临的是焦虑和危机，面临的是社会大变革之下，摇摇欲坠的不稳定结构。如果有一个中国的婚姻报告（类似美国金赛性调查）的话，其结果，一定会大不相同。《中国式离婚》这样的电视剧情，在国内的生活现实中，已司空见惯。就这一点而言，也可以说，国内的某些高质量的电视剧，比电影更准确、更写实、更残酷地展示着现实中支离破碎的"中年变法"式婚姻。而后者（电影），实际上却更像电视剧模式，一味地向观众展示不食人间烟火的"纯爱""纯美""纯真"的爱情神话。

当然，现实中，仍有那些衣食不缺、不思外遇、中规中矩的家庭，它们多数也依然微澜不惊。就算疲倦了，主人公连逃跑的力气都没有。感情淡薄或不淡薄，并不是这些故事的主要问题；那些一成不变的，到"了"也不会变，只是变了一种形式。事实上，人最终会对到手的东西比较满意，满意之后，再束之高阁；而对没有到手的东西，却心怀向往。这时，得到的东西，有时候反而会提示：你那没有得到的东西，才是生命中最重要的，是被自己所忽略了的，这是最常见的心态。美国诗人弗罗斯特的诗《林中有两条小路》说的就是这个。当人们踏上一条最初认为定会精彩缤纷的路时，也就放弃了另外的一条。这条路的确精彩缤纷，但当风景看得差不多时，就会想起另外那条没有踏上的路，对此行这条路的疲惫，会加强对那条未走过的路的想像。终于，就有人拨开荆棘，寻路而去，哪怕此中凶险遍布、悬念丛生；那正是疲惫的克星。

当然，剩下的生活之路，还是有众多疲惫者需要一路走好。要一直走到路的尽头，就会各有各的走法。我的一位女朋友，正是属于衣食不缺、事业有成、离婚外遇都不会有的美满人儿。她的疲惫排毒法，就是爱上一位没有风险的虚拟情人，一位银幕上的万人迷。她与情人的约会方式，一样也是偷偷摸摸、鬼鬼祟祟（趁丈夫出门），一样也是浪漫多情，温馨撩人：在家里影视间点上蜡烛，搁块手绢，准备些甜点。然后，与情人一起出发，去体会一趟冒险之旅，天上地下，天涯海角，携手同行。用她的话说：大屏幕的"带入感"，会让她灵魂出窍，至少在一个半小时内，她体验了外遇的高潮。灯亮后，擦干眼泪，藏好手绢，回到现实，继续生活。可以说"虚拟外遇"，是一个极好的婚姻养生法，尤其适宜女性。所以在中世纪，浪漫爱情小说催生了作家这一职业。而现世，爱情轻喜剧和催泪悲情剧，催生了中国影视行业的收视率；冥冥中，也拯救了不少有贼心无贼胆的中年红尘男女。

如果你不看浪漫电影，如果你不读爱情小说，如果你不及时更新布拉特·比特或贝克汉姆头像作界面，如果你不在房间里，营造一个随时可以与"虚拟情人"出发远游的大屏幕幻景，如果你婚姻超过十年，如果你不打算与丈夫离婚，如果你们已经十天没做爱；那么，你也有可能沦落为我的另一个朋友：她正满脑子琢磨与周围男人出轨的可能，在近乎花痴的状态中，她老是觉得健身教练想约她出去，又或者在朋友饭局上，隔壁的一个帅哥正在向她使眼色，某个她的熟人的熟人，也在向她发出爱情的信息。不过，据我对她的了解，真正要走出这一步很难（对大多数人而言都很难）。所以，最多也就是成为一个祥林嫂式的花痴。在一遍一遍地向朋友模拟预演之后，重新回到现实（家）中。

你究竟想要什么样的妻子

　　你想要什么样的妻子？几乎是每一个男人一生中都会遇到的问题。每个男人都有每个男人的胃口，所谓环肥燕瘦，这只是审美问题。更深入一点的问题则是：你想要一个贤妻良母，还是一个聪明能干的妻子？你想要一个仪态万方的伴侣，还是一个风情万种的女人？对男人而言，这也是一个哈姆雷特式的问题。在现代社会，环肥燕瘦可以通过各种整容术来解决。但末一个问题，则是男人们真正要面对的问题。但是可以肯定的是：世界上的女人不止一种，你只能选择较为接近心中理想的一种。上帝不可能为男人度身订造一种集女性美德于一身的类型，也许这是许多男人遗憾的事。

　　且慢，这个世界上就是有人抱着人定胜天的想法。这样就有了《复制娇妻》（又名《换妻俱乐部》）这样一部至今仍具时效的电影。电影是翻拍于1975年的旧片。1975年，正是美国妇女解放运动如火如荼的时候，这样一部看后发人深省的作品，正是电影制作人在这一妇解运动背景下，对现实的质疑和追问。尽管它是采用一种混合着心理惊悚、黑色幽默、轻松调侃的喜剧片形式，但其内容却是非常严肃，论点也是有着时代依据的。我们甚至可以说，在这部电影重新翻拍的今天，男女关系、婚姻关系、奴役和对抗关系，仍然像一个怪圈，进一步退三步地在当代社会中艰难行进。

片中，妮可·基德曼饰演一位从20世纪70年代至今生生不息的女强人乔安娜。正是这些女强人逐渐被社会、媒体、男性焦虑塑造成男人的噩梦。女主角简直就是妮可·基德曼本人的翻版，这样的女人，除了太有才气、太具权势这一点需要改造之外，外部条件完全应该是男人心中的理想妻子。所以电影中，当乔安娜从位高权重的电视台主播巅峰上跌落下来，离开伤心之地，搬进一个上流社会小社区时，这时的她，也正值对自己女强人身份质疑的时候。于是，她和男人之间，就不可避免地会发生一场改造与反改造的斗争。

乔安娜搬到这个远离都市的新社区后，很快发现这里的男人都很男人：他们有一个男人俱乐部，他们在一起玩男人游戏。她也发现这里的女人不像人：她们一个个太完美了（男人眼里的完美）。她们在厨房、在超市、在健身房、在舞会上，说着一模一样完美礼貌很傻的话，迈着一模一样完美贤良造作的步态，绽放着一模一样完美不露齿的僵硬微笑。她们太像某个电脑程序设计制作出来的三十年代完美主妇的标准形象：外形甜美可人、身材无可挑剔、性格温良贤淑、思维嫁夫随夫。男人们由此心满意足、别无所求，除了享此人间艳福之外，就是在男人俱乐部规划更美的蓝图。全镇的人（男女）都觉得这里整个就是婚姻天堂的缩影。只有乔安娜和她的邻居、一位新搬来的女作家对此冷嘲热讽。

在天堂中，乔安娜和女作家简直是混进天堂的异类、完美女人的反衬；她们二人也因而臭味相同，结成好友。顺便说一句：女作家整个是一个邋遢涣散的懒婆娘（惭愧！），暴饮暴食、不加修饰，在一大堆垃圾中写作，还兼具爱胡思乱想、尖酸、酗酒之恶习。一看就属于天堂社区急需改造首选之对象。果然，对小镇现状忍无可忍，正想邀约女作家一起搬走的乔安娜，一天来到女作家家里，突然惊艳于她一尘不染的房间，看到她井井有条的生活、被完美配置的儿女，以及她猝变的小镇招牌微笑和小镇招牌碎花衣裙。不消说，乔安娜根本不能相信眼前的事实。电影从这里开始变成了惊悚片：想要唤醒女作家意识的企图变为徒劳；而自己的丈夫和孩子也不知所踪；小镇惊魂的乔安娜想要逃掉也已晚了。至此她已站在男人俱乐部里，在一大堆恨铁不成钢的男人面前，等待她将被改造的命运。还好，小镇的改造方案和改造手术，均由丈夫做主。所以，乔安娜的命运，全在于她的丈夫究竟想要什么样的妻子这一疑问。

这里要说到的是乔安娜的丈夫马修，作为一个女强人，有这样一个丈夫有福了：他英俊、体贴、有教养且忠诚，是那"知情识趣的人儿"。坏就坏在人置身于某一种环境下，就会产生与之符合的变化。马修自从去了男性俱乐部，接受和重返经典的男性社会交际圈之后，他对"妻子"这一角色的重新审视和重新认识，不可避免地在意识上全面倒退。所以，当一个重新打造妻子和重新做男人的机会一起从天而降，周围还有男性同盟咄咄逼人的目光，乔安娜和马修都只能寄希望于他们的"爱情"——这个婚姻天堂中表面存在实际缺席的东西。事实上，也正是因了"爱情"这样一种无法输入、无法打造、无法复制的感情，才拯救了乔安娜和马修。他们的命运和婚姻也因此让这个世界不那么绝望：毕竟男人与女人在这一点上是一样的：无论这个世界怎样变化、无论男人女人的关系怎样冲突，爱情和爱情之中的信任，仍然是人类希望在婚姻中克服种种危机而最终获取的。

最有意思的部分是当电影快要结束时，你才发现这一复制男人心中娇妻模样、打造现代男女伊甸园的始作俑者，竟然是一个女性。这位女强人是一个生物基因专家，由于专心搞科研，被另一个女人夺去了丈夫。痛定思痛后的女强人认识到，重返男性规定角色，才能找到女人的幸福。同时，也有感于社会上还有那么多的女强人不能认清这一点。生物基因专家则按照自己对男人和女人，对男女伊甸园的重新规划，将小镇上的女强人一网打尽。尽数植入电脑程序，复制出可亲可爱的完美妻子。可见"你想要什么样的妻子？"这一问卷，答案不仅仅在男方。女人比男人更清楚他们的内在外在需要，如果你想成为他心中的理想妻子，甚至不需要他费时费力。

当然，影片的结尾，可说是女权主义者大快人心之一刻

（也可视为她们无法企及之梦想）：那些小镇男人在阶级斗争中，输掉了权利。他们被以其人之道还治其人之身的妻子们反改造之后，个个都成了女人心中的理想丈夫：他们下班后在超市里推着手推车寻找牛奶、面包和纸尿布，并急着回家为妻子准备晚餐。无一例外地，他们穿着小镇女人从前的招牌衣衫——碎花围裙。

西方牛排和东方美食

　　我的一位朋友从德国来，想拍一部关于中国美食的纪录片。我推荐他去找成都诗人、美食家、《我的川菜生活》作者石光华。未几，我碰见石光华，问他：美食纪录片怎样？石光华用他最近几年惯用的与人过不去的口气，说："他们要我谈川菜艺术，川菜有什么艺术可谈，就是好吃嘛。"我对他说："你主要没吃过柏林猪肘和美国牛排，你要是吃过了，你就知道成都两块钱一碗的面条都是艺术。"

　　2005年，我去了意大利一个艺术中心驻留一个月。那里天时、地利、人和，全都占了；缺的就是美食。当然，这是我，其中唯一的一个东方人（而且是成都人）的感觉。别的艺术家只待食物一端上来，就惊呼："太好了！"以至于我私下携带的香辣酱，根本不敢拿出来。意大利在西方国家中，也是号称美食之都的，他们以自己的美食为骄傲。别的国家，比如我去过的美国、德国、丹麦、荷兰等，的确就只能为其捧场了。曾经在美国我被一位朋友隆重地宴请了一回，他特意推介

了他们的代表作"七成熟的小牛排"。结果侍者端上来一块
"砖"：四四方方、厚厚墩墩、水不能淹、油不能浸的大黑牛
肉一块；当场我就饱了。可见，如果有机会面对通心粉，他们
只能说好。但是在中国人眼里，这些欧洲美食，也就可以对付
一下西方胃而已，要对付老祖宗早就定义过的"食不厌精"
的中国胃，那就差很多了。在意大利，我成天对着一个调料
盘，里面永远是：橄榄油、盐、胡椒面、醋，我不知道他们能
否想像一道豆腐宴，可能排列三十多种调料，摆在桌上，像一
个画家的调色板。总的来说，尤其是在美国，吃饭就是哄哄肚
子，很功利的事。哪里如得中国？引用美国诗人普拉斯的一句
诗：（死）食是一门艺术，我要使之分外精彩。这两门艺术加
在一起，基本上也能看出点东西方文化的少许道道。

　　"全球化"大势所趋，大局已定。全球化的过程，也是
一个文化扁平化的过程，文化珍稀物种也濒临绝种，剩下的只
可能是一些文化符号。在这个过程中，还有什么东西能够不被
"全球化"洗白？过去我曾经认为是文字、语言。但由于电脑
的原因，文字有可能变成拼音，语言也早晚被英语改造。我们
可以从头洋气到脚底：从黄发、红发到假发，从蓝眼睛到硅胶
胸；从短到胸以上的外套到长至脚踵的上衣；从满口洋泾浜到
见面就拥抱，一切都洋化了，一切也都格式化了。但唯一不
可能格式的，是我们的胃。成都胃、广州胃、上海胃各不相
同，但都与西方胃相距甚远，而且是牛排、比萨、三明治所不
能改造的。在意大利期间，我也去看了威尼斯双年展。那真是

西方伙食中的一道盛宴啊。中国味、欧洲味、非洲味、拉丁美洲味，味味齐全。但是全球化的炉灶，并没有熬制出那品了让人神清气爽的高汤。反而因各种味道搅在一起，使双年展变得不辨其味了。我在双年展展场走了一圈，说实话，看到的正是全球化这个时髦的字眼在艺术中的反映。所有的作品都差不多，不同的只是标签而已（Made in...）。

前面所说的诗人石光华，近年来完全抛弃早期的整体主义思想，"如今识得辣滋味"，使他变深刻为"天凉好个秋"。因此一定要把美食说成"伙食"，把有些人试图将川菜艺术化的企图，消解为世俗平常。但是，只要让他真正做一次"伙食"，他却是毫不马虎地以艺术家的认真态度，把伙食当成美食来做。我就有幸目睹和品尝了：一道普通的韭菜，也让他操持得让人肃然起敬。更别说"洗尽铅华的清汤"了，那是我至今还在期盼之中的事。说到汤，又让我想起2003年去西班牙时，每天的伙食中，鲜有蔬菜。一天，突见菜单上有一"蔬菜汤"，大喜。及至侍者隆重地端上来，一看：一碗清汤寡水中，沉鱼落雁般躺着几粒发黄的豌豆。此清汤不比彼清汤（石光华在他的书中用三十页描述的"凌波微步"之清汤），彼清汤是"一煮、二扫、三堕"，当真如炼丹、炼气、炼字炼句般炼出来的；是与中国气韵、中国气场有关的。西方人永远想不通那么多中国人花那么多时间在伙食上，觉得太浪费时间了。殊不知几千年来的中国人，就是这样生活的。什么叫有所为有所不为，他们搞不懂。虽说现在经济大潮西化了中国人，但是中国的天空，仍然飘浮着中国菜肴的味道。这是东方精神、中国传统，在生活方式中的一种贯彻，它深入到中国人的骨髓中了。就像"堕"了几千年的老汤，它是中国人气质最终归于从容不迫、人淡如菊的要诀所在。

所以，石光华虽然反对将伙食与艺术相连，但侃到伙食的微妙之处时，也不免将清代知识分子吴文英的词："柔葱蘸雪，犹忆分瓜深意"直引用到家常伙食中的姜葱之中。而谈到伙食的意境，有李后主的词为证："花满渚，酒满瓯。万顷波中得自由。"其实中国美食的精神与中国气韵的细致是完全配套的：麦当劳、三明治，的确应在灯火透明之处，两下三下吃完接着工作。而花间一壶酒，对影成三人，则是在那"灯火阑珊处"的意境中，只可意会，不可言传的一种自我观照。这一点点灵犀，恐怕就是全球化所难以改造的吧。

话又回到在意大利的那些晚餐，以及在威尼斯双年展浏览的那些当代艺术，看多了就觉得那些形式啊、观念啊、餐前点啊、开胃酒啊，都是些唬人的东西，吃了看了觉得没滋没味没意境的。想起来觉得赵半狄有一张摄影作品还有点意思，哥哥抱熊猫坐船头，妹妹划桨摇橹站船尾，满池荷花，水天一色。"兴尽晚回舟，误入藕花深处，争渡，争渡"，说的就是这个。虽然赵式观念、风格、形式感和西装是舶自西方，但毫无疑问，熊猫和"一一风荷举"是中国的；溪亭日暮、沉醉不归的情绪是中国的。顾左右而言他、欲说还休的含蓄是中国的。

两 性 之 舞

我喜欢探戈，我热爱拉丁舞。我一听见喜欢的音乐，就控制不住，想要起身而舞。这都是个人的事情，近年来，更是成为偷偷摸摸的事情。毕竟，中国人不是一个闻乐起舞的民族。不像西班牙语系的民族，将跳舞视为一件呼吸一样自然、喝茶吃饭一样平凡的事情；活到老，跳到老，直到跳不动为止。在中国，跳舞是年轻人的事，过了三十岁，还在蹦蹦跳跳的人，被视为扮小或有病。我写过一篇《七十岁仍要激烈舞蹈》的散文，自己给自己打气。但事实上，激烈舞蹈的场合和机会，已越来越少。

有位女朋友力荐电影《探戈课》，又有位男性朋友告诉我：他很讨厌《探戈课》。看了电影后，我知道了他们喜爱和讨厌的理由。这是一部非常个人化的电影，处理的也是一些比较个人，但也不乏普遍性的经验。你完全有理由不接受这种可能会被视作造作的东西，就像一些人天生不会喜欢探戈，有人不会喜欢这类极具形式感的艺术。至于我自己，觉得这世上的确有人神经兮兮、想入非非，如我一样，迷恋某种东西，某种让人困惑又让人自足的自我追问方式。对于我们生活的每一天，它无济于事而又绚丽动人。像音乐一样充满世界，也像呼吸一样充满全身。

《探戈课》，就像我《七十岁仍要激烈舞蹈》的宣言；就像有人为我作了电影注解。或者说，通过对另一个女人的窥视，我实现了自己的理想。片中那个女导演，就像我自己：因为一只撩人的探戈舞曲，因为一段迷人的双人舞，顿时深陷其中。随着热情浪漫的舞步，扭动身体；进而一心想进入探戈世界。

已近不惑之年的女导演，偶然走进剧院，偶然看到男主角让人眼花缭乱的舞步和眼神，一时大惑，迷上探戈而不能自已，由此展开了一堂又一堂的探戈课和爱情课。电影故事也许有点俗，白种女人与南美男人之间的爱情，也太司空见惯。女性意识与男性主导思想在探戈舞步上的冲突，也未见独特深入的处理。但是，电影冷静细致的语言、极为个人化的描写，有着非主流意识但却考究的画面。荡人心魄的探戈舞步与舞曲，加上马友友亲自为影片配乐，那如泣如诉的南美旋律，仍使人如饮醇酒。

这样一部殚精竭虑的探戈舞蹈片，实际上，是一个女人某一时期的心理自传片。女导演萨莉·波特，是一个混合了成年女人与小女孩气质的女人。有一类女人，你永远不知道她们的年龄。她们在年轻时就已很老，在很老时又很年轻。就像这位萨莉·波特和法国女神德纳芙。萨莉·波特有着时而年轻时而衰老的面孔，如小女孩般单薄的身材。显然，她有过人的舞蹈技巧和深厚的舞蹈基础。据说，她从小接受了专业训练，后来又经营过舞蹈演出公司。片中，她与舞伴那些高难动作的专业演出，是她的得意之作。我们由此可推测：她之所以没成为一流舞蹈家，是因为她更想成为一流电影导演。

电影中，她开始笨重混乱、继而行云流水的舞步，把探戈的世界和个人的情感层层推进。其舞蹈和电影的叙事语言演绎得既微妙又复杂。男女之间的情爱纠葛，正像探戈二人舞中迷乱穿插的脚步，美轮美奂，看不清、分不明、隔不开，你中有我、我中有你。爱情就是如此，你想要全身而退，我偏要贴身逼近；你想要操控节奏，我偏要自由起舞。男人和女人的爱情硝烟，也像这电影中一幕幕探戈舞：时而起伏跌宕，时而沁人心脾。说不清是舞蹈模拟人类的感情，还是人的感情阐释舞蹈的动机。

女导演学习"探戈"的过程，就是学习生活的过程。同时，作为女人，也是学习独立的过程。影片中，导演一边学习探戈；一边构思她的剧本。她的构想充满了虚构、悬念、无意识的闪现、浓烈的色彩（与全片的黑白色彩相对应）。三个身穿红、黄、蓝礼服的女模特，不知所云，不明就里地不断出现在街道上、公园中、灌木里。与之相对应的，是一个同样不知所云，同样不明就里的残疾人，出现在她们的周围。不时地还有些谋杀或凶兆在其中闪现。与她们构成一种突兀而唯美、奇异又诡秘的紧张关系。这样一些画面，毫无意义、毫无秩序地出现在女导演的意识中。不知能不能表明女导演在现实中、在电影之内、在探戈之外，时时处处所感受到的危机和困惑。作为一个成功的女人和一个成功的电影导演，在她的权力和影响力背后，在领导和被领导之间，她是否也会感到一种不易言明的错综复杂，交织在她与男人和社会之间？权力和金钱，是男人的催情剂。是否对女人而言，大不如此？或者正好相反？话语争夺权，性别主导权，不仅仅影响政治，同时也影响着爱情、探戈和性关系？

美国电影《女人香》中，帕西诺对想学探戈的女孩说："探戈与复杂的人际关系相比，简单多了。"中校因为盲眼，对世界的感受更为复杂，对人际关系中的微妙处理更为关注，所以如此说。事实上，世间任何与人有关系的事物，能逃脱意识形态的控制吗？虽然影片用了大幅度的精美镜头、完美无缺的探戈双人舞来表现男人女人的心领神会、身体与身体的相互理解。那一幕雨中男女主角穿着牛仔裤，激情四溢地在街道上跳的探戈，堪与当年经典电影《雨中曲》的经典舞步相媲美。在地铁送别的大段舞蹈，飞舞着一个女艺术家的浪漫理想。我想这正是我的朋友喜欢和讨厌这部电影的原因。另外一场戏中，影片男女主角在一次比赛中，有一段重要而意味深长的舞蹈；棒极了的配合与炫技。比赛结束后，男主角拂袖而去。随后，是他们的一段争吵。男主角抱怨女导演"破坏"了他的韵律："你不应该做任何事，只是跟随而已。"显然，这是他心中探戈的真谛（也是他作为男人对爱和女人的认识），似乎这也一直是真谛。但女导演却在舞蹈中，注入了个人的情感告白，并试图将之升华为舞蹈本身。"我不是弱者，我要表达。"这是她学探戈的理由，也是她人生的理由和爱的理由。

至此，我们可以看出：男主角的舞蹈，是一种形态。是他价值观和人生观的展现，也是他成功人生的证明。他面对观众而舞，在舞蹈之外。所以，他看到另一个人对此种既定形态的"破坏"，大为恼火。女导演的舞蹈，是一种表达。是她对这个世界，以及面前这个男人的强烈告白，是一种找寻自己的方式。她面对的是个人，是自己。她在舞蹈之内，进而成为舞蹈本身。她要表达，她要告白，她要找寻，她自然就不能"仅仅是跟随"。她不顺从，就是对既定的探戈规定的破坏，也是对这个男性主导社会的破坏。自我认知，本来就不是那么容易；何况，还需要得到另一个人的认同。

因为萨莉想要拥有自由的步伐，她就与男人、规则、爱情，以及理想，有了冲突和矛盾。萨莉要解决的不仅仅是舞步的问题，而是两个不同种族不同性别的人，灵魂与身体交汇的问题。这个问题大了去了，无法不让男女主角为此争吵，相互嫉妒，失望和分离；其间复杂而又真诚的感情，与看似不可调和的矛盾，像一把双刃剑，切割着人生的方方面面。同时，又撩拨人的内心深处那一种渴望情感与认同的追寻。

萨莉·波特一向不讳言她电影中的女性主义观点，从她执导的《奥兰多》中，也能看出这一倾向。作为法国的女性主义导演，她当然有理由在片中胜券在握，取舍自如。其间，虽有失去和痛苦，虽有挣扎和妥协，但最终与男主角达成人生真谛与探戈境界的心灵合一。结尾，还在塞纳河畔安排了一场温情感人、配合默契、你侬我侬的二人舞。同时不失时机地、从天而落一场浪漫飞雪，为她的理想主义美满结局造势。

艾丽达的故事

　　艾丽达是我在意大利一个艺术基金会Civitella认识的一位巴西女艺术家。她不画画，做装置。自从杜尚发明了利用现成品之后，艺术家就省事了。什么样的东西，都可以做成艺术品。这不，艾丽达的作品，就是完全利用身边的现成品做成的。与别人不一样的是：她通常是走到哪儿，就用哪儿的东西作材料。她使用的材料，也是有着女性视点的；基本上是搜集女性日常生活用品，然后把它们布置起来。在Civitella，她弄了很多衣夹，上面让每个人写一个词，然后把它们挂起来。我写了一个词"成都"，并告诉她这是我的家乡。看来她的作品中很少有中文，看到这个她高兴得要死。

　　艾丽达有两个女儿，她每天在网上通过视频向她们作现场直播。把Civitella发生的事情和在这儿的每个人都介绍给女儿们（我也很荣幸地在她的视频上露了下脸）。两个女儿也随时知道母亲在意大利的情况。听说现在博客都落伍了，艾丽达这种自家电视台即时播报，才是最时兴的。艾丽达是个活跃的人，在Civitella期间，她两次开放工作室，让我们去看她的作品，有点像一个小型展览。第一次的作品，是一连串她搜集到的写有许多词语的衣夹，她把它们挂在一条长绳子上，像一个词语的资料库。除了"成都"两个词之外，我后来又用中文写下了她两个女儿的名字。当然，她也马上从网上转过去了，也许那两个巴西小姑娘，从未看过自己的名字变成方块字。据说，她们也高兴得要死。

第二次她做作品时，要求我们帮助她，把我们用完的个人物品，交给她当材料。我还记得她对我的东西，特别感兴趣，尤其是那些估计她一辈子都没看到过的四川香辣酱的瓶子。她一直叮嘱我：香辣酱吃完后，千万不要把瓶子扔了，一定要给她。此外，我带去的一条中南海香烟，也是她的关注对象。艾丽达与别的女性艺术家不一样，她从不抽烟。当我们吞云吐雾时，她就在旁边观看。一包烟抽完后，我习惯性地将烟盒往垃圾桶扔去。只听艾丽达在后面大叫："别扔。"她责备地看着我说："你忘了吧。"我马上想了起来，非常抱歉地把烟盒交给了她。两星期以后，在她的工作室，她展示了她的第二个作品《在Civitella》。

《在Civitella》像一个工作记录，一整面墙上都是她搜集到的在Civitella的生活用具。有我们每个房间必备的雨伞、电筒、茶杯、洗发水瓶、钥匙、剪刀、牛奶盒等等，不一而足。当然不消说，我那包中南海烟盒，赫然挂在墙正中，成为作品中最具异国情调的一笔。一面墙看下来，不用写日记了，我们在Civitella的生活，就全部地展现出来。我们的生活、生活中的细节，连东西方文化和生活方面的差异，都通过我那个烟盒及辣椒瓶，直接地呈现在你面前了。一方面，我觉得她的作品有点琐碎、简单，不够凝练。另一方面，我又吃惊她的心思绵密、细致，对艺术的感悟有独自的理解。许多在生活中被我视而不见、熟视无睹的东西，被她重新发现、重新整理了。它们的确在这面墙上，被重新注入了一种感染力。（如果我们对艺术的理解不那么固执的话。）

艾丽达是一个生活品位非常考究的人，虽然她已是两个孩子的母亲，而且，长得也算不上美貌。但她的穿着，却是很有韵味的。尤其是她的工作室开放之日，就像一个正式的派对一样，她总是要精心地打扮一番，一丝不苟地搭配。如果一起出去购物，她可是我的劲敌。我俩有着惊人的相同口味，对某件饰品或某件衣服同样着迷。一次，我们去到佩鲁贾。在一条小街上，有一个印度人摆摊。我远远地看到了一条淡紫色的裙子，还没等我走过去，艾丽达已快步上前，拿起了那条堪称美丽的长裙。我们在那个摊位上流连了很久，我一直期待着她放下那条裙子，直至她付钱之后，我才悻悻然地买了另外一条淡蓝色的。

在Civitella的日子很快结束了，临走时，艾丽达送我一本画册。封面是她的作品：一些铁绣红的方巾被钉在墙上。由于近距离拍摄后，放大到一本大画册上，这些原本很小的物体，看上去变形了。远看上去，或者说它留给我的印象，是一些人形，一些类似于阿拉伯妇女的蒙面形象。这是我眼睛不聚焦时得出的印象。如果我聚焦后，仔细去审视它们：不过是些方巾而已。我想所谓当代艺术实际上也是如此，无所谓好坏对错，有无意义。端看你欣赏它时，眼睛是否聚焦而已。

2006年

欧师按摩康

欧师按摩康，在白夜左边一百米，比白夜早开业约一年左右。最初的建筑面积为二十八平方米，后来生意稍好点时，欧师就不断扩展。从三十六平方米，到在街对面新租一间套房。七年来，面积扩大了三四倍。显然，欧师是一个有经营头脑的人，不像白夜的主人不思进取，死守住那小小的五十九平方米，十年来，就没挪动过。

欧师在我认识他时，约二十四五岁，白净面皮，长得算英俊，走路也虎虎有生气。所以，第一次我看到他时，压根儿没想到他是个盲人。直到他过马路时，扶着另一个人的腰，我才看出这一点来。欧师的按摩功夫不错，病人也总是点名找他。

那一年我得了腰椎间盘突出，久治不愈，遍寻良医，始终没有根治，到最后也就懒心无肠，不再求治。正好欧师按摩康开张，一天，我路过他的诊所，决定前去一试。那天正是欧师当值，他为我按摩了一阵，不知是不是心理原因，我觉得好多了。从此只要有点空闲，我就会去理疗一番。别人说"久病成医"，的确如此。写于1996年的那首《盲人按摩师的几种方式》，差不多就是来自于那一段时间的治疗经验。

"现在好了，寒气已经散尽"
他收起罐子；万物皆有神力

那铿锵的滴水的音律
我知道和所有的骨头有关

这样的句子，不是来自想像，而是来自经验，而且是具体到腰脊每一根骨头的经验。是一种感应，一种通过病痛产生的感应，也是对中国本土医学重新认识的过程。通过这首诗，我好像也重新找到了诗歌中，一种"滴水的音律"。

白夜开张后，我觉得已与欧师按摩康结下了很深的缘分。一百米，五个店的距离，75和85的门牌号，让我几十步就能走到现在已经较少的、称之为"按摩"却没有色情意味的地方。除了我之外，白夜的一些朋友，也经常顺便从白夜的酒桌上，几步就跨到了欧师按摩康。刘家琨从白夜开张后，就断不了去欧师那儿。他现在不太来白夜了，也就不太去欧师那儿了。但欧师还是很关心地常常提到"刘工"的偏头痛。从白夜先后溜达过去治疗的计：钟鸣、唐丹鸿、何小竹夫人小安、戴红隔三岔五地也会去一趟。

欧师夫人小刘，一眼能看出是个盲人，她的双眼深陷，走路也没有欧师精干。如若不是这样，小刘就应该是个美女，因为她的皮肤白得光彩照人，令一众女孩艳羡。此外小刘还爱打扮，每天穿身换套，且品位不俗，搭配有致。有几次她为我按摩时，夸赞我的衣服好看，我不禁大为好奇，问她："你看不见，又怎么能知道呢。"

她说："我能摸出来。"

这让我更加好奇：面料自然能摸出来，但款式她又如何知道？小刘很得意地说："我还是要看杂志的，我让她们讲给我听，今年的流行，今年的时尚。"

我注意到小刘每次的装扮，的确都与当年的潮流相符。小刘又说："我还常去商场呢，让别人带我去看那些新上市的时装。"

我发现小刘说的"看"，其实都是"摸"。也许这就是盲人的另一只眼吧：手感。他们的手，对穴位的穿透力也不输给X光。他们对世界的观察，因了手，也不输给我们这些正常人。我也发现人体器官具有衍生功能：一个器官的衰退，定会让另一个器官的功能增强。欧师对声音的辨认，就是如此。任何时候，他都能分辨出他的每一个病人；无论他是不是得了感冒，说话是不是变了调。甚至，你一年两年不来，再次来，他也能从你的声音，一下就知道你是谁。而小刘的手，能辨认出她的病人的年龄，病人的喜好；也能辨认出时尚的风潮。

有时，听着小刘的叙述，我的思绪也变成了一个摄像机，跟着她过马路，进商场，看衣服；也跟着她上电梯，下阶梯。"她一定是那个商场里面最有意思的顾客。"正是这个念头的一闪，导致我在2000年，从德国回来时，买了一个半专业的摄像机。我当时计划用半年的时间，跟拍欧师和小刘。然后，剪辑成一个短片。与我那首诗《盲人按摩师的几种方式》结合在一起，制作成一个非纪录片、非专题片的影像作品。我甚至将计划告诉了欧师和小刘。他俩支支吾吾了半天，也没反对。毕竟他们也看不到我到底是要做什么。

几年过去了，短片的流产，倒不是因为我一贯的懒散，而是那个一看就是专业导演使用的摄像机。拿出来，就要把人吓一跳。而我自己，首先被这个效果吓住。因为不能战胜导演不该有的羞怯感，也因为一次，吴文光在一个公开场合宣布："翟永明买了一个索尼2000型的摄像机。"并暗示我必须拍出一部大家期待的巨作。这样强大的心理压力，最终使我一年又一年，忘记了这个摄像机。这是后话。

欧师和小刘，是快乐的阳光夫妻，我原以为他们生来就是盲人，没看过外面世界的缤纷。所以，对黑暗世界亦无恐惧。谁知欧师告诉我：他是十几岁时，得了病，没有得到及时的治疗才逐渐失明的。这样的打击，如果让我自己碰上，无法想像。所以，我总是小心翼翼，从不对他们提到"眼睛"这个字眼。但是，欧师本人却毫不在乎。他常常说到眼睛好的时候，看到过一些什么东西；也会谈到现在眼睛看不见了，很遗憾不能看到什么东西。他说起眼睛来，好像那不过就是过去拥有的某件家什一样，现在也不过就是失去了而已。小刘则是一个心高气傲之人，有时会说起：如果眼睛没失明，自己一定会做些更有意思的事情：比如开个服装店什么的。每每听到这些，我就感到，像我们这样的人，其实很没用。表面看起来，一切都很好。但实际上，可能不如欧师夫妇那样的人，在经历巨大灾难之后，能够以平常之心，去对待生活。日子总是要过下去的，不可能每天都怨天尤人。事实上，我很少听到他们抱怨。而且，欧师和小刘的日子，过得有滋有味。他们生了两个可爱正常的女儿，为这两个女儿提供了所有父母能提供的一切：教育、关爱、生活上无微不至的照顾，以及一些技艺的培养，诸如课后学钢琴。

这对夫妻情深意笃，我认识他们时，正是他们新婚燕尔之时。人前人后，他们总是腻在一起。有时，他们会非常亲昵，不避众人。但一切又都如此自然，是因为他们看不见别人的反应？还是本来就不在意别人的目光？是因为眼盲才与其他的人不一样吗？普通人都较为回避当众亲热，是因为潜意识或心理上害怕别人的目光吗？这些问题，显然在欧师和小刘那儿并不存在。因此有时想想，少了一双眼睛，虽然少了很多生活中的乐趣，同时也少了很多不必要的忌讳；由此多了一些心理上的快乐和自由。至少，这一对夫妻便是如此。

十二月的草原，十二月的马

　　我开着一辆借来的四驱越野车，疯跑在一大片即将沙漠化的草原上。深蓝色的天空和浅绿色的野草，一起拥抱我；当然还有褐色的风。在通往草原的公路旁，有一座白色的寺院。当我将车停在寺院前时，一个盛装的康巴汉子骑着马，颠着碎步奔过来。灼热的太阳从后面照着他，我只看见一个男人和一匹马的金色剪影。剪影跳到面前时，又围绕着四驱车，接连转了三圈。最后在车头前，康巴汉子勒缰停下，马头直伸到车里，一匹骏马对另一匹的马力，感到吃惊、疑惑、钦佩和羡慕。我从那四双眼睛里，读到了这些内容。

　　从车上跳下来，我对那汉子叫了一声："扎西德勒。"那汉子看见帽子从我头上滑下，长发从中飞出，不禁吓了一跳。也许没想到这匹骏马的主人是女骑手？于是勒缰纵马，绕着我又转了三圈。那情景，活像美国西部片。然后他"嘿嘿"一笑，说："你的车真好，开得真快，你把我带到成都去吧。"听完此话，把我也吓了一跳，我不禁也叉着手，围着他和他的马，转了三圈。这个康巴汉子长得真像康巴汉子；也就是说他有很典型的彪悍特征：高大，英俊，威猛。黑得发亮的头发，黑得发亮的肤色，黑得发亮的眼睛，黑得发亮的藏袍。腰间佩着一把银色藏刀，刀鞘上缀着绿松石。他的脸上，是金属一样的色泽和蓝天一样坦荡的笑容。他的眼睛和马的眼睛一样润泽，里面同样装满了天真、纯净、平和，以及对同类和异类的轻信。就像他脚下这一大片绿色草皮，虽然沙漠已经逼近和已在噬咬它们的身体，但它们仍是无所顾忌、无所防备，一如既往地自由生长，一切都如原始之初。看到这样的眼睛，才会感到我们背后的欲望都市，原来也可以离得那么远。

我说，让我骑骑你的马吧。

康马汉子伸手把我一把拉上马背，以手掌轻击马屁股，驰骋而去。地平线、山丘、寺院、牧羊人、马头，都在我的眼里上下跳动。据说女人都怕闻羊膻味，我倒觉得康巴汉子混合着酥油香和羊膻气的味道，真性感。

康巴汉子说他的名字叫央金，明天他们有转山会，叫我去看。我说一定。

第二天，我和朋友开着车，去参加了这个草原上的节日。

我们先把车停在镇上，坐进了一家小餐馆。点了酥油茶和手撕牛肉。突然，一阵暴走族式的马达轰鸣声震耳欲聋，由远而近呼啸而来，停在了小餐馆门口。我定睛一看，只见昨日那个康巴汉子央金，开着一辆簇新的摩托车。人正坐在车座上，对我灿烂地笑着。我再一看，人和车，都花团锦簇一般，耀花了我的眼。只见摩托车被他穿上了花衣，车头是一朵大红绒花。依次下来的车架、车身，都被手工绣织的藏式花边包裹起来，就像一个要出嫁的新郎一样，央金倒像是一个伴郎。我不禁哈哈大笑起来，说："好漂亮啊，你的车。"央金得意地说："你要不要开呀，跑得很快的。"我知道他是在炫耀他的车，于是说："好啊，我骑来试试看。"当然，事实上我根本不敢开摩托车。只是在那辆花车上，作驾驶状。又摆出各种造型，拍了很多豪迈帅气的照片。央金主动要求配合我们的造型，也拍了许多。他甚至并不向我们索要照片，好似那种拍照，只是一种瞬间的展示，满足了他的炫耀心理。拍完照后，央金再次确认了我们会去转山会，丢了一句："我等你。"就跳上摩托车，发出更加震耳的轰鸣声，一溜烟不见了。

下午，在白色寺院门口，转山会开始了。在那里，我又看到了央金和他的马。他俩都打扮得焕然一新，都是新头帕（一红一黑），新衣服（一黑一红），新靴子和新马镫（红黑相间）。在阳光下，酷极了。仪式和歌庄之后，转山开始了。先是活佛和喇嘛们依次前行，然后是节日打扮的藏族同胞们，最后是骑手和我们这些外乡人。队伍从山上转下来，慢慢地又转回草原，转到寺院。这时，只听一声呼啸，那些跟在队伍后面的康巴汉子们，纵马奔来，从我的车窗前一掠而过，直冲向对面的山坡。央金也掠到车前，大叫一声："快来吧。"就如飞奔去。我受他感染，一脚油门到底，也冲了上去。他回头看见我赶上来，就调转马头跑过来，好似要跟越野车比试一番，与我并驾齐驱。在没有沥青和水泥的草地上，四驱车终于不敌四蹄马，落在了后面。央金和马一起，发出了胜利的呼啸。

回来的路上，央金又纵马跑到我的面前，再次说：你的车真好，你带我去成都吧。说这句话时，他的眼睛满是灿烂和无邪。我不禁想，也许在他心中，那个遥远神秘的成都，到处都是六缸马力的越野车。至少有两分钟，我想我可以带他到成都，在我的酒吧当吧员。但两分钟之后，我明白我酒吧里全部的酒，都不够他喝。

谁能拒绝央金眼中的无邪？谁又能保护央金眼中的灿烂呢？

1999年

京剧谈往录

　　春节，大年初一，我陪父亲坐在二姐新家宽敞的客厅里，看中央电视台戏曲频道的新春演唱会。二姐说：我家的人除了我弟弟，都受父母影响，多少有点喜欢戏曲。不一会儿，弟弟、弟媳来了，证明了二姐的话所言不虚。

　　舞台上，不是戏曲舞台的感觉，果然就是演唱会的舞台。戏曲大腕们，身穿歌剧演员的洋装，当然也有些穿旗袍的。一概手持麦克风，像在演唱会上演唱，这情景多少有点让我不适应。我突然觉得，戏曲这个形式是完整的。除了唱念做打外，扮相并不仅仅是为了悦目。角色的装扮，也是为了配合戏曲的特殊形式。因了旦角头上一动就颤巍巍摇摆的钗凤，才有与之配合的念白的韵律节奏；因了须生苍劲悲凉的唱腔，才配之以各种不同的髯口。如果都变了清唱，味道就少多了。麦克风在手上一握，那兰花指就别扭了；更别说隆重的晚礼服一穿，身段压根就没有了。

　　我这样想时，弟弟、弟媳却跟二姐谈起了电影。高嗓亮音，盖过了舞台上的锣鼓铿锵。我感觉父亲必须要在这高声喧哗中，支起一根穿云破雾的信息接收器，才能听到程派传人咿咿呀呀的"鸣泉"之音，这也像京剧在众声喧哗的现实中的命运。此时，舞台上出现了两位程派女旦角，她们正在唱《锁麟囊》。我刚看过章诒和的《伶人往事》，突然想起四大名旦中的谁谁谁，后半辈子一直想演这个《锁麟囊》，但至死也没演成。因为这出戏模糊了阶级阵线。其实，主要因为京剧在中华人民共和国成立以后的改革，以及逐渐的没落。谁谁谁，我使劲都想不起来，因为一口气读完《伶人往事》后，那些伶人往事全搅在一块儿了。总的来说，那一代京剧老前辈们的经历，都差不多：都是从小学戏，家门贫寒；都是求师拜艺，刻苦练功；都是脱颖而出，又另辟蹊径；都是中华人民共和国成立之后，积极向上，努力入党；又都是从此之后，抛弃之前的鼎盛声名，转向戏曲改革，努力做一个人民的艺术家。最终，"往事并不如烟"，他们中间，有的还在样板戏中，发挥了最终的一点光热；有的如程砚秋（经父亲提示：这个谁谁谁，就是四大名旦中的程派祖宗程砚秋），居然到临逝之前，还痴迷地将《锁麟囊》剧本，递给前来看望他的领导。当然，遭到坚决的拒绝。

因为程砚秋如此这般的热爱《锁麟囊》，所以，我对舞台上的表演，多了一种关注。父亲说：梅派和程派，当年各有千秋，但梅派更胜一筹。但梅、程逝世之后，好似程派的传人更众，也更有建树。父亲也评价说：程派听来更有味道。多年来，我对京剧的喜爱，止于皮毛，理解更是浅陋。在父亲提点下，我觉得程派声腔果然更为讲究。仔细听，的确听出一种独特韵味，这是以前没有注意的。台上那位程派传人，唱将起来，不是荡气回肠，而是如骨鲠在喉；呜咽式地在喉中荡出一股缥缈之音，当真让人魂魄跟随。三分钟唱下来，只唱了一句，然后就下台了。另一位又开唱，也只约三分钟，曲折婉回，也只得一句。若是用听流行歌曲或摇滚的方式来听，也许台下的人都跑光了。

程式传人唱来如此，遥想程砚秋当年，用章诒和的话讲："他唱到情深处，其声细若游丝，让人大气都不敢喘。"其夺魂摄魄之处，就只能神往了。回过头来，再听舞台上梅派传人的唱腔，果然又有不同的感受。想那梅派唱腔的角色，多为仙女贵妃。其唱腔，也确为"正大仙容"。有九天娘娘从容玄妙、珠润玉圆之音。而程砚秋角色中，多是民间凡女。又以哀怨悲剧角色为多，其唱腔，却也适合这种如泣如诉、九曲回肠似的吐吸之声。

程砚秋曾拜师梅兰芳，行内人也据此认为：程腔之中，又有梅腔。所以必须深加体会，才能察觉。我们现在也只能在录音中，聆听二位大师艺术中的细微差别了。正是这样的细微差别，才有了京剧艺术中不同流派各有千秋的表演风格。

舞台上锣鼓喧天，台下人，却也未见有多少击节叫好。我想京剧演唱会这样的形式，观众一定多为中年和老年人。肯定不可能看到超女或流行歌星演出时，万头攒动、齐声跟唱的场面。时代变了，时代的审美风格也在变。观众更愿意为"十五分钟唱出一个名人"的事情鼓掌，而不会为那些在台下苦练了十五年，甚至二十五年的，有真唱功、真做工的戏曲演员鼓掌。

看完演唱会，走时，父亲转身回房，拿了几本书给我。其中两本，是《京剧谈往录》和续编。另两本，是《中国京剧》杂志。我后来仔细地读了这几本书，尤其是《京剧谈往录》首编和续编。章诒和《伶人往事》中的许多资料，都出自其中。里面收录有梅兰芳、言慧珠、奚啸伯、李万春等人的遗稿。也有介绍京剧艺术家的传记和一些史料文章，是一本很有价值的书。同时，也是一本京剧爱好者感兴趣的书。与章诒和《伶人往事》放在一起，可堪比较。《京剧谈往录》介绍了京剧艺术史上最重要的一些时段，"往事"大都写至"文革"时期，便戛然而止……《伶人往事》则好似前者的补缀，介绍了京剧大师们在"文革"期间，许多不为人知的真实状况。让我感慨的是，这两本书的装帧和发行，大不一样。《伶人往事》书封上的副标题为：《写给不看戏的人看的故事》。这个副标题，一定是出版人策划的。定位太准确了，"不看戏的人"，是这个社会的主流。发行量，定然大过看戏的人。其次，在装帧设计上，《伶人往事》的设计，时尚中透着古朴，非常用心，非常有品位。大三十二开，亚粉纸，书中的图片也用得恰到好处。而《京剧谈往录》，是写给"看戏的人"看的。印数之少，连当年（1986年）写序的冯牧都说："可惜这样一本很有价值也颇具可读性的著作，却只有微小的印数。"但又说，"印得少并不意味着读者不需要它。"在1986年，冯牧就说："又一次说明读者的需求与兴趣和图书发行的状况，存在着多大的差距。"因为他买了四次这本书，都被别人借跑了。这句话放到今天来说，也一样有效。我有许多做出版的朋友，常听他们一声声念叨："选题、选题、选题。"实际上，选题到处都在，就看你怎样去"发现"它。《伶人往事》的策划发行人，是有眼光的。据说该书也数次登上一些排行榜，当然，它不会成为发行几十万的畅销书，但它自有它的读者群。这个读者群中，包括我（我这辈人）和我父亲（他那辈人）。

再说回到《京剧谈往录》，印刷发行于1986年。纸张粗糙，设计简单，装帧根本谈不上有多好，这些都保有80年代的印迹。里面也用了一些照片，但都质量甚差，模糊难辨，让人没有兴趣多看。其中个别照片，在《伶人往事》中也能看到。但后者的书中，这些照片都编制得当。这些早期的珍贵图片（也许经过电脑处理）都变得清晰、雅致，让人观之赞叹不已。

这里，出现一个文化是否需要"包装"的问题。正好今早看到韩东一篇文章，他谈到20世纪80年代时，为了几个辟邪面具，他刚从西安回南京，马上又连夜坐火车回到西安。二十年后搬家，他却再也没有把它们带走："因为，即使是文化，也是在不断变迁的，犹如时尚。"文化，对文化的热爱和认识，也都是随着时代在变化着的。现在，高科技的发展和先进的音响设备，不但没有促进京剧这样一种具有自身文化体系的艺术形成发展，反而使之边缘化。就像摄影的出现，也逐渐在当代艺术中，代替了以技艺取胜的架上绘画。决定某一艺术形式兴衰的，注定与那个时代大众审美口味有关。在一个快速发展的时代，人们的心跳也在加快；要让"三分钟才唱一句"的晚清慢节奏，来对抗"十五分钟就出一个名人"的当代快节奏，是不可能的。唯一能够做到的，是抓住台下那"喜欢看戏"的"无限的少数人"，以及有可能成为这些人中的徘徊者。从这个角度来讲："包装"并不是一个坏字眼。就像《伶人往事》那样的"包装"，让不看戏的人，也想了解一下"戏内戏外"的天地人间。因此我想，那些正满世界寻找选题的编辑们，如果有章诒和和她编辑的眼光，将《京剧谈往录》及其续编，也用大三十二开、亚粉纸、高质量电喷图片"包装"一下。也许只需将该书封面"文史资料研究委员会编"的字样，挪入内页，不让人一眼看去，好似该书为一内部交流资料。3.6元的书价，就会变为36元。而不看戏的人，也会被吸引着，去看看这本图文并茂，有故事情节、有文化、有价值的书。而最终，也许会被吸引着去了解京剧艺术。换汤不换药，也许就能改变一下别人犹豫的眼光。振兴京剧，实际上更重要的还是从各种角度去吸引听众，找到时代变化中的契合点，让京剧在年轻一代中，发现知音。

你是否对爱情呈阳性

　　什么时候起，现代人的爱情变成了一场没有结果的猫鼠大战？人人都在寻找爱情，但爱情不是与你擦肩而过，就是成为一场灭顶之灾。现代人都已经认识到：生活就是消费，爱情只是各种日常支出中，必不可少的东西。同时，人又是欲望无边的动物，所谓吃着碗里、望着锅里大约也就指的这个。所以，爱情神话就像歌中唱的、诗中写的、传说中的圣杯一样：让人相信它一定存在、让人相信人一定能找到。

　　韩东的小说《我和你》，描写的就是这样一段我们见惯不怪、周围每天发生、以后层出不穷的爱情故事。但韩东的本意，却是通过小说"想讨论爱情在今天人们生活中的位置"。并且"回答是否定性的"。如作者本人所说，小说叙述的，无非是"一段平庸的有关男女关系的故事"。说"平庸"，是因为这个故事中的所有细节、开始和结束、跌宕和起伏，都是我们每个在爱情中"过"了一遍或几遍的男男女女所经历过的不足为奇的过程。说"故事"，则其中不成为故事的那些过程，还是被韩东的叙述方式、写作技巧（一种没有技巧的技巧），描述得比故事还精彩，让人不能释卷。徐晨和苗苗的故事，苗苗和李彬的故事，覃海燕和叶宁的故事，以及由这些人又带出来的其他人的故事，就像是在一条生物链上循环往复、相依相存的微小寄生物，他们只是每一次爱情病毒爆发的指示病例：所有这些爱情病毒的宿主，实际上都是这种古老病毒的寄生地，他们都无法控制自己和他人的感情。

关于爱情中的"迷恋"，韩东用了"本能说"加以解释。书中有一节，徐晨对自己为何迷恋苗苗，以致"状若疯癫"，作了一个交待。包括她的外表：身体、嗓音、气味。包括她的背景：孤儿、古琴、艺校。所有这一切，都被徐晨用爱情的显微镜放大了，端在他的朋友们面前。但是，朋友们不是徐晨，"一有机会他们就会逐条反驳我"。在别的人看来：脚汗就是脚汗、结巴就是结巴、四环素牙就是四环素牙。如果不承认"以丑为美"，这些审美（丑）就"只能归结为本能"，因了自己的本能，徐晨才把"她表现或散发出的某种东西也变为基于本能"。而且，又把它上升为"那种十分接近身体类似于动物般存在的东西"。在这里，"本能"二字，也许是唯一能够解释恋爱中的男男女女智商低下的缘由。"本能"二字，也可以解释为何苗苗要抛弃和伤害徐晨：本能即人的动物性。说白了就是弱肉强食——爱情中一种相当简单的自身进化。在爱情中，人只要投入其中，就会依循本能，除非你不加入这个传染链。下面的一段，则是徐晨（或者韩东）对

"本能论"由此引出的"伤害论"作的进一步推进。

　　某种程度上，或者对某些人而言，韩东的这一段伤害论简直是真理："在爱的问题上受虐和爱是一个意思。伤害得越深，受虐的可能性就越大，爱的感受就越发强烈。在爱的感受中，人只能听懂一种语言，就是冷酷无情。只有冷酷无情他们才听得懂，才能被听见，而温柔爱意则完全不起作用，不仅听不见，还会阻止爱的实现，成为某种令人生厌的东西。"事实上，未读此书之前，我就知这是一个抛弃和被抛弃的故事，如是读来仍然让我惊心动魄。爱情，尤其是带来伤害的爱情，有一股摄人的能量，不仅是深陷其中的人，包括离他们较近的人，甚至站在远处观望的人，都会被连根拔起。破坏性的爱情就像致命病毒，所到之处，一切皆不能幸免：兰花、冰箱、气功、前世、今朝、来生。"我们所有的故事都受制于这股粗猛盲目的力量。"韩东用"满目疮痍"四个字来形容，这四个字，的确可以精确地描述爱情病毒掠过之地：徐晨后来的气功、烧香拜佛都是重灾之后的病毒残留物。但是施虐受虐是爱情病毒中的一对孪生姐妹，相互依恋依存。苗苗一边对徐晨施虐，一边享受李彬的施虐；徐晨一边受虐，一边又对前妻和前女友施虐。周围的人大都陷入这样令人绝望的怪圈："如果你给出牺牲，将得到抛弃，如果你给出冷漠，将吸引依恋。"于是，施—受的病毒组合，链接了整个爱情世界的各个层次各个方位："所有热烈而无望地爱着的男女。"反过来，受害者又将对施虐者进行伤害，构成新一轮的施—受关系。如此这般，源自本能的爱情就成了一个游戏。一个防止因"温情爱意"变为"令人生厌的东西"的游戏。一个类似于在悬崖上练习推手的关系（谁将掉下悬崖则视谁在爱情中更投入而定）。不能加入这个游戏的人，也不能体会其中的潜规则和由此达到的快乐。

七八年前，韩东写过一本《爱情力学》，我觉得是我读到过的关于爱情的最佳阐释。这一万多不像小说的文字，写得就像显微镜下的分析报告：如此虚无，如此清晰。充满绝望又让人沉迷。在这里，韩东对爱情和人生的意义，进行了会计式的清算。从人的出生到死，开出了一系列账单：从个人的小账到老天的大账、从前世的死账到今生的赖账；从收支平衡的活账，到入不敷出的坏账，一句话：人生就是一本账，端看你怎样去开销它："花掉这笔钱，彻底地掏空、穷尽、玩完、毁灭"，这当然是智者的花销法。即便你是一个吝啬鬼，老天也会来帮你花掉。其实人人心里都有本账，只是不可能人人都像韩东算得那么彻底。水至清则无鱼、账至清则无欲。这个欲就是人的底线了：算清或清算了人生和爱情的价值，我们是否就真的能够像一座山或一片叶一样，无知无觉、虽生如死。既然做不到，也就只能揣着一本糊涂账糊涂到死。从这一点出发，韩东再进一步推出"平衡说"，"由于我的出现，破坏了天上与地上的宁静，所有的因素于是变得紊乱，各种力量在周围来往如风。我从此便踏上了患得患失的道路，试图以一己之力再造平衡，实际上是毁灭平衡。"有了平衡—不平衡之说，我们在爱情和人生中的一切得失也就可能得到解释、以飨自我。韩东的"平衡说"就像博弈论一样，因其复杂、清醒、思辨、睿智，吸引和打动了我。我想：韩东在这本书中所涉及的"本能论""伤害论""平衡说"都是我们在爱情的摸爬滚打中所体味和感受过的。问题是韩东用他特有的思维、语言，把它写得更为贴近我们的自我，让我们重新发现、重新估算了爱情。

至此我们不仅希望能从这些哲学显微镜中，获得某种新的防范手段，以让我们从这个高危地带中挣脱出来，不再成为爱情牺牲品。问题在于连这最后的一点希望，韩东也给出一个绝望的答案（堪称最让人绝望的答案）："唯一的办法就是再爱一次，再爱一个人，管他是谁呢？但不管是谁都是没有出路的。"

按照韩东的彻底，这应该是小说的结局吧。2003年，第一稿的结尾，也许就是第十五章为止（我猜测）。但这样的结果是不是太让人窒息了。也许作者考虑了读者的消化能力？也许还考虑了自己的生存理由："当然啦，我们都还得活下去。"所以小说有了刘家明和萧姗"羽化登仙"的故事。我们最终有了一个可以喘息的结尾："看来，某些东西还是存在的，我的一些思考未免极端了。……现在得出结论还为时太早，还是走着瞧吧。"

作为一个热爱韩东小说的人，我还是感谢韩东增加了这个"看得见光明"的尾巴。

风 为 谁 吟

　　如今，很难把一本长篇小说读完，更不用说一篇纯文学小说，像我这样从事写作之人，都如此偷懒，更不用说视读书为消遣的大众了。

　　奇怪的是村上春树的长篇，我却一篇也没漏掉地读完了，不知道是不是由于春上本人，也像我一样开过酒吧，至少，当我读完《且听风吟》时，我真想有一天，我也能像他那样坐在白夜的吧台上，在经营之间隙，写出这样的作品：每一行都是好风，每一行都是新鲜独吟的风，每一行都能吹彻你的骨缝，或吹绿你的心境。

　　《且听风吟》和村上春树的其他小说一样，也许是青春小说，也许不是，这都不重要，重要的是他写出了新人类的新迷惘；不仅仅是海明威、金斯伯格垮掉一代的狂热迷惘，而是一个高科技、高物质时代新型厌世者的迷惘。他们不再迷恋毒品、性，离经叛道，堕落。这一切曾经迷人的"时髦"之举，在今天，都已变得如此无聊，如此虚无。看看这样一个夏天，无数个青春期的夏天，"我"和"鼠"这样的青年，"走火入魔般地喝光了足以灌满二十五米长的游泳池的巨量啤酒，丢下的花生壳足以按五厘米的厚度铺满爵士酒吧的地板，否则简直熬不过这个无聊的夏天"。如此具体的刻画，已不仅仅面对青年人，其感染力直逼那些青春已逝，尚感时伤怀的成年人。

村上的小说，正是这样地传达出一种当代的，现实的青春感伤：淡淡的，淡又没淡到让你麻木；酸楚的，酸也没酸到让人噤牙；悲凉的，悲也没悲到呼天抢地。但它们就是这样沁人肺腑，夺人心魄，因而贴近和赢得当代青年的心。

村上小说里的新人类，活着体验无聊，顾影自怜，苟活于世，在时间中彷徨。就像作品中那句话："我们无所谓生也无所谓死，只是风。"20世纪80年代的现代繁华都市，超级市场和可口可乐，技术文明所造就的这一代新族群，比他们的前辈嬉皮士们，更能感受到"高度发达的资本主义"（作者语）所带给个人的失重感，失落感。他们的焦虑，他们对意义的找寻，他们对琐屑人生的时而倾心、时而不在意的态度，都被村上春树用一种预言式的笔调，虚虚实实地加以变形，加以处理。无论是他的处女作《且听风吟》，还是后来畅销一时的《挪威的森林》，他都是站在一个现实的世界尽头，构筑一个非现实的冷酷仙境。在这二者之间，他的笔底生风，腾挪有致，想入非非，终又直指人性。

另有一点就是，村上的小说，一洗日语作家惯有的唯美委婉笔调。他自始至终地使用当代的，日常的，同时又是鲜活的语言。天上地下，出世入世，不拘于任何行文，但确又经过苦心经营。这令对大部分日语作家有偏见的我，也是一个意外的惊喜。

村上春树最好的小说，应该是《世界尽头与冷酷仙境》，最畅销的小说肯定是《挪威的森林》。但是我最喜欢的却是他的《且听风吟》。那风，是起自空虚中心的风，也是轻灵向上之风。无论它向下低吟，或向上飞舞，它都挟带着灵魂的伤心泣诉和对已逝事物的追思追忆。

2001年

假如我是神笔马良

　　陈梓瑞是彭州桂花镇小学五年级一班的学生，她看起来并不像农村女孩，虽然有些害羞，但也落落大方。她第一个在纸上，写下这一句让我看到"希望"的诗句："假如我是神笔马良。"

　　"天府花开"，是来自福建的一个志愿者团体"小海豚"与四川建川博物馆联合举办的灾区儿童夏令营活动。由二十多个重灾区小学选出来两百多个学生，在建川博物馆参加该活动。受朋友樊建川之邀，我与建筑师刘家琨、作家阿来、麦家，艺术家朱成、何多苓，一起去参加他们的互动节目。刘家琨辅导孩子们画画，阿来、麦家辅导他们演剧，朱成辅导他们作雕塑，何多苓辅导他们画画。而我，要去辅导孩子们写诗。

　　分组是由学生自己挑选的，我去了以后才发现：诗歌组八个人，全是女孩。我想：难道从小学开始，就只有女孩才对诗这样务虚的事感兴趣吗？我一生从来没有教过课，也没有过学生。这让我有两分不安，不知道该从何下手。小组分为"家园""希望""欢乐""梦想"等主题。我们所在的组为"希望"。我想：就从这个主题开始吧，看看孩子们在地震后，有些什么样的"希望"？

八个女孩，都穿着一模一样的印有"天府花开"字样的白色T恤衫，这让她们看起来都长得差不多。我后来才知道，其中，六个女孩都是彭州桂花镇小学的学生。另外两个看起来大一点的女孩，是彭州天彭中学的高一学生。彭州，是大地震的重灾区。桂花镇百分之二十的房屋倒塌，百分之八十变成危房。所以，全镇的人都住进了抗震棚。地震过去已经两个月了，惊恐和焦虑，都埋在了她们心里的最深处。现在，看着我，八个女孩眼睛里，都闪着一丝好奇、羞怯和纯朴的眼神。从外表看，白色T恤衫里，已经看不出她们与城市女孩有何差别，唯有这种眼光，是城市女孩所没有的。

我大概讲述了一下今晚的活动：我将与她们一起创作诗歌。然后，作品将在晚上的联欢会上，展示、表演、评奖。女孩们刚开始欢欣鼓舞，一听说由她们自己写诗，马上就哀叹起来："老师，我们不会写诗啊。"她们都呻唤。看来，她们原以为是由我来写诗。我问："你们学过诗没有。"她们一致回答学过。于是，她们背了一些书本上的古诗。看来对新诗，女孩们基本上没有概念。我讲了半天，她们都不太明白。一个长着小脸大眼睛的女孩，怯怯地问我："老师，我可不可以不写？"其他女孩也跟着问，这下，让我沮丧起来。我看让她们

"创作"作品，似乎没有什么"希望"了。心想，就让她们晚上背点古诗吧，只要她们觉得开心就行。

这时，一个显得特别大方的女孩突然说："老师，我可不可以这样写：假如我有一双翅膀。"我一听，好像又看到了一点希望，赶快说："对啊，就这样写啊，发挥你们的想像吧。地震之后，你们想今后怎么办，有什么愿望，都可以写下来。"

女孩们一听，好像都找到感觉了，全都埋下头来开写。过了一会儿，我挨个儿地看她们在纸上写了什么。这一看不要紧，好家伙，除了两个大女孩，每个人都写的"假如我是……""假如我是一只百灵鸟""假如我是一条神奇的河流""假如我是神奇的彩虹"等等。五六个"假如"，让我忍俊不禁。我知道女孩们都被书本上、歌词中、电视里那些很概念的句子，给局限了；她们以为这些才是诗。这时，我看到了陈梓瑞的第一个句子："假如我是神笔马良。"这是第一句跳出书本和老师指导、带有孩子个人想象的诗句。我赶快抓住时机，表扬了她；并诱导其他女孩像她那样，发挥个人想像空间。

在我的一番浅显的诗歌技巧普及讲解下，女孩们开始把"假如"换成别的字眼"我希望""如果"等。除去这个她们认为必不可少的开头，女孩们渐入状态，开始写下一句句带有童稚口气的诗句。从中也可以读到在经历了大地震之后，孩子的心理。

陈梓瑞写了第一句"假如我是神笔马良"后，又写了两段比较概念的诗行，一看，就来自老师平常的教诲。但是，在最后一段，突兀地出现一句："我要为饥饿的人们画一个很大的馒头。"我说："你这句写得最好。"她害羞地笑了笑，过了一会儿，她又叫我，说："老师，你看我这句行不行？"我一看，她写的是"假如我是神笔马良，我就要用手中的笔，为失去家园的人们，画上一座抗10级地震的房子"。看来，地震中房屋的倒塌，家的失去，是她们心中未褪的阴影。我说："好啊，只要是你心中真实希望的，就是好的东西。"

桂花镇小学五年级的万瑶写道：

　　假如我有一朵神奇的花
　　我会用那朵美丽的花
　　把盲人的眼睛点亮

下面很突兀地出现一段：

　　我经过药店看到
　　一位生病的老奶奶没钱买药
　　药店医生蛮不讲理地推开老奶奶
　　我又用那朵花儿将医生变好
　　他立马帮老奶奶抓药

五年级三班的周念这样写道：

我希望是一条神奇的河

河能帮助干旱的地方得到水

河能帮助田地生长出许多蔬菜

能帮助贫困的家人变得有钱

　　这些场景，也许是她们生活中的经历吧，也许是她们的想象。"希望"这个字眼，现在，让她们想起了平时注意到的一些现象。有些，也许是早就有过的愿望。总之，她们此时恨不得个个都是神笔马良。通过诗，她们的"希望"得到了安置。尽管夏令营之后，她们仍会回到简陋的生活安置点，继续震后的生活。

　　晚上，我拿着八位女孩写的八首诗，与她们一起，参加了联欢晚会。对她们的诗，我满意极了。从对诗完全没有概念，到写出这八首诗，我觉得这些女孩们聪明极了。重要的是，应该给予她们想像的空间。对她们的表演，我也充满期待。虽然一听说要自己亲自朗诵诗，她们开始再一次叫唤。但是，当电视台前来录播时，她们却很乖，挨个朗诵。可以说，全都朗诵得很好。没有矫揉造作，而是落落大方，又很纯真。

　　可惜的是，由于晚会的麦克风没准备好，面对现场的喧闹，她们的声音，全被淹没了。我像一个盼望桃李满天下的真正的教师，指望自己的学生，能够压倒其他人，一举得奖。因此，在那里跑前跑后，为她们最终没能展示出自己的才华，而感到失落。

没得到晚会奖品，但女孩们每人得到一包牛肉干作为鼓励。让我吃惊的是，八个女孩，一个接一个地跑到我面前，把手上的牛肉干塞给我。然后，又一个个跑了。顿时，我心里涌起一股暖流：现在的孩子们，已很少有这么懂事的了，更不知道什么叫感恩。因为他们得到的一切太容易了，觉得一切都天经地义。而这些灾区的孩子经此大难，家破人亡，别人的一点点关爱，她们就会珍惜和感谢。我突然一下觉得，与她们有这样的缘分和感情，原来是我的福分。是她们给我带来一天（不止一天）的快乐和享受，而不是我给她们。

晚会结束后，我们走出博物馆，准备返回成都。这时，八个女孩突然一下从房里跑出来，围住我。她们一下就抱住我，把头埋进我的怀中，每个人都没说话；但是，都把我抱得紧紧的。我的眼泪一下就出来了，被感动得一塌糊涂。不知道该说什么，一直反复重复着一句话："你们以后继续写诗啊，写完以后就寄给我看啊。"在一旁的朋友朱成说："你看，诗人就是不一样，简直有情有义。"

我偷偷拿走了她们的诗歌原稿，打算收藏。可是"收藏意识"如此强烈的馆长樊建川，岂能罢休。就在我登上大巴时，被他追了出来。我只得悻悻地从我的包里，拿出那些稿子来，还给他。为了安慰我，樊建川答应给我一份原稿和其他女孩的复印件。我就要了陈梓瑞的《假如我是神笔马良》，这份手稿，现在被贴在新白夜的手稿墙上，与那些20世纪80年代我保留的诗人手稿，挂在一起。谁知道呢，也许有一天，她也会成为中国诗人中的一个。

回来后好多天，我都想着这八个女孩，想起她们的诗，想起她们拥抱我时的那种质朴。更多的是想到：谁来为她们提供那些诗中的"希望"："很大的馒头""抗十级地震的房子""许许多多的蔬菜""神奇的彩虹""明亮的眼睛""将医生变好""到最好的医院接受最好的治疗"……谁是真正的神笔马良？是我们这些在遥远的地方偶尔关心她们一下的人，还是当地政府？是那些行善的人，还是最终得靠她们自己？

这个问题我们只能思考、无法回答。

2008年7月

穿过你的胡子的我的手

有过这种时候：当你睡眼惺忪地醒来时，发现身边的男人正站在镜子前忙乎呢，吉列刀片，剃须膏，电动的、手动的双层旋转剃须刀，正大开杀戒，黑乎乎的下巴，顷刻间变成光秃秃的嘴脸，你不免感慨这世界如今真是一个中性的时代。

说起来那都是古时候的事了，男人认为毛发乃天地之灵气，父母之精血所赐。人类的历史有几百万年，男人刮胡子的历史刚千年，吉列刀片的历史只有一百年。我们的身体是否越文明越干净，越干净，越无性？

资料证明，胡子是男人的第二特征。20世纪80年代，长头发，长胡子就是男人的象征，就是酷，就是性的身体符号。男人的胡子就像女人的长发，是一个不那么猥亵的公开的性吸引。这一点符合我们女性人类远祖的择偶习惯，根据男性脸部的毛发来确定对方的性能力，（这个依据是否来源于他们的另一张脸？）情有可原的是，这个问题对于目的是繁衍后代的女性性行为来说，确实很重要，择优录取嘛。所以雄狮要炫耀它们的鬃毛，所以雄孔雀要夸耀它们的羽毛，所以男人也要展示他的男性特征；从胡子到胸毛，从肌肉到体魄，总之是让女人一眼就能看到的装饰性特征。所以就有海明威的粘假毛一说（未经考据，仅供参考）。

男人的胡子，就像女人的长发，可以毫无道理地给对方提供似水柔情，如火欲望。它们的形状和作秀度，都更像一宗甜蜜的性诈骗，男人和女人都心甘情愿地遵从这种外表上的信号。"嘴上无毛，办事不牢"这句话，当年吓坏了多少半大小子。胡须是成熟男人的注册商标，它让人产生如下的联想：一朵蘑菇云式的大胡子，暗示着他内部的核能量。因此男人对自己的胡子精心打理的程度，不亚于女人对自己的头发。至今还没长出胡子来的，赶紧用生姜擦啊洗啊；好不容易长出来的，用营养油焗，用电吹风吹出各种造型。我奇怪为何没有一个女性审美标准的《声容部》出台为他们作技术指导。

我还记得那时很盛行的场景：一大堆男人中，坐着一个"美髯公"。他沉默寡言，他不修边幅，他变本加厉地抽烟，他不名一文，但据传性能力无穷。无论如何他都是那个时代的黑马王子，是多愁善感的女人的狂野之心。我还记得一个月黑风高的晚上，有个男人在我耳边背诵了不知谁的诗："少女面对天空，梦想海盗。"海盗肯定长着大胡子，海盗也肯定驾着红帆船驶向天涯海角。多年以后，当我再次看到他时，海盗已变成了白领，红帆船变成了奔驰。我再往他脸上一看，真个是"白茫茫一片大地真干净"。

当然，这也都是上一个世纪的事了。自从避孕套批量生产开始，达尔文的简单进化论就结束了。无性生殖，克隆人，变性手术，这些吓人的科学改变了人类的性别。各种荷尔蒙和外科手术即使不致把人类变成中性人，至少也可以让男人女人在性对象上眉毛胡子一把抓。爱长发也爱胡子，无可厚非。英雄救美的时代也过去了，任你男人打扮得多么阳刚多么威猛，奈何美人就是不肯晕倒。男人长叹一声，既生伟哥，何生胡子，拔剑一挥，几根烦恼丝，从此随风而逝。

　　在e时代，不但胡子不需要，连名字性别也不再需要，网恋的暗喻就是连性本身也"不在场"。在未来的美丽新世界，两性关系必将发生革命性的变化。无性繁殖与超现代科技结合，"他"和"她"，是否更加模糊难辨？

　　如今，要看穿男人已经不那么容易了，仅有胡子是不够的，银行存单才是这个时代的催情剂。走在大街上，男男女女好像雌雄同体，仿佛回到了光洁无毛的婴孩时代，"我见青山多妩媚，料青山见我应如是"。放眼看去，当红小生无不奶油，个个都像是得了"睾丸女性化症候群"。雄狮没有了鬃毛也就只剩下向母狮撒娇的份儿。雄性魅力由原来的身体特征，变成了物质特征。穿过你的胡子的我的手，在男人的脸上摸了一把空；镜中的他，光脸净面，优雅芬芳，指标显示为一个十足的白马王子：他烟酒不沾，他衣着光鲜，他开宝马，他是刷卡一族；他一周一次稳定的性生活。"成熟的女人，不露声色鉴别你的真命天子"，女性杂志教我们这样说。

在闻香识男人的时代，男人的江山里没有了引人入胜的面孔，没有了两性相吸的体味，没有了可供辨识的激素信息；迷失在古龙香水和丝质领带之间的女人，免不了有时心里也有点嘀咕：古有花木兰，今有吉列刀片，是否《葵花宝典》重现江湖？

1998年

遭遇翡冷翠

当我醒过来时，发现火车仍在一片绿色田野上疾驶。从车窗望出去，列车像一个巨大的毛虫，在一片更大的绿叶上蠕动。在欧洲，城市与城市之间，就是由这些毛毛虫和绿叶，构成距离和缩短距离的。

当广播报站时，花了差不多五分钟，我才反应过来到了佛罗伦萨。佛罗伦萨这个译名，是从英文的音译而来的，徐志摩曾将它翻译为"翡冷翠"。今天我才知道：原来这翡冷翠除了比佛罗伦萨译得更唯美，音译上也更为接近意大利语。

不在旅行日程表上的这个城市，让我困惑，坐过了站的结果只能是：掏钱买了一张可看图识字的佛罗伦萨地图，上面图示了这个文艺复兴时期最负盛名的意大利小城的所有重要地点。

佛罗伦萨是个很小的城市，不需要坐车，慢慢地走就可以游遍全城。

天下起了小雨，是那种沾衣未湿的杏花雨，与佛罗伦萨古意的石砌街道倒是两相宜，我索性仰面而行。这时，天空上方突然出现一个黑影，一把雨伞切断了我的视线，一张笑吟吟的脸跟着进入了伞下："女士，你淋湿了，我可以帮你吗？"一张典型的意大利男人的英俊面孔进入了镜头，这可真像一个电影镜头，我好像直接走入了一部罗曼蒂克电影，周围的建筑、街道似乎都是布景。意大利小伙子或者说意大利活雷锋，一直执着地将雨伞支在我的头顶，支出一个黑色天空。

我打开地图看，这里是城中心，再往前面就是那座著名的三圣桥。意大利小伙子告诉我他叫皮亚扎罗，跟我喜欢的一位音乐家同名。我们缓缓地往前走，黑伞像一朵乌云似的跟着我；因此我也一直像听《雨中曲》似的，听着雨声和他带意大利口音的谈话声。它们构成了皮亚扎罗特有的探戈的音律，同时也组成了我的翡冷翠的节奏：缓慢，有张有弛，因一位英俊男人出现，而与这座陌生城市有了关联的从容不迫。

三圣桥是但丁当年初遇贝娅特丽采的地方，有一张著名的画，正是叙述这个故事。在画中，贝娅特丽采与她的两位女友，衣袂飘飘地昂首而行。但丁本人在画的左侧，屏息惊艳，"伟大的女性引领我们上升"，在这幅画中表现得明明白白。

一座城市，有时只与某一个人有关，记忆，热情，爱恨，冷暖都与他（她）有关。没有贝娅特丽采就没有《神曲》，没有三圣桥就没有贝娅特丽采，没有佛罗伦萨就没有三圣桥。

如今这座桥，早已不是当年模样，再也没有从皮蒂宫纵马而过的王公贵族，也没了从维奥琪桥飘然而来的美人。在依然清澈的河水上，这座连结两岸的廊桥，已成游人的必到之地。桥的两侧，也扩出了许多小小的铺面，经营着各种各样意大利特色的工艺品。耳环，项链，各种首饰，最多的还是意大利狂欢节和各种舞会上的面罩，由各种材料制成，精美诱人。这中间，也混杂着许多各类艺术家在桥两端摆地摊，售卖他们自己制作的各类小工艺品。在一个能够拍到老桥的最佳位置，我正想留一张影，突然看见桥墩上，一位年轻艺术家摆放着他的工艺品：一辆一辆用细铁丝编织的摩托车，刷了白漆。颇像我认识的成都艺术家师进滇的作品。只是尺度上，一大一小。放在桥墩上，在阳光照射下，与背景中古旧陈黄的维琪奥桥，形成一个有趣的对比。我按动快门，在涌动的人潮中，挤出一个空间，抢下了这一个画面。

我在三圣桥边照了几张相，为了留作纪念，我请皮亚扎罗也拍一张，英俊帅气的皮亚扎罗倚在桥边，咧开大嘴，心怀坦荡地冲我一笑；全然没有但丁当年在此的羞怯驻步，欲言又止和蓦然回首。而我，也对这个城市我唯一认识的人，回以一个充满感激的"天涯若比邻"的微笑。

回国后，在洗印出来的照片上，我发现不知是何原因，每张照片都模糊不清。就像我对这个城市的记忆，当时已惘然，如今追忆起来，也不过只剩下但丁的桥和徐志摩的译名，以及皮亚扎罗的雨伞。我为此曾把自己最喜欢的一款自制鸡尾酒，取名为"翡冷翠"。到酒吧来的新新女人类可不认这一套，她们全都嫌这个名字不知所云。

1999年

西班牙台阶上的女孩

2000年夏天的时候，我揣着一本意大利旅游指南，坐火车到了罗马。

罗马是一个梦想中的城市，西方文化史的宝鉴，历史上的繁华古城，银幕上的浪漫情史发生地。

我对罗马的视觉上的认识，源于那部著名的、人人皆知的电影《罗马假日》，一个《水晶鞋与玫瑰花》的男人版本。剧中安妮公主扮演者奥德莉·赫本，由一个腼腆的女孩，一下成为全世界女人的效仿者和男人的可人儿。其连锁效应至今不衰。

对这么一个浪漫的城市，我充满好奇，在火车上，我已开始研读那本中文版式的指南，把每一个必去之地，用笔圈了起来。其中，有众所周知的罗马斗兽场、梵蒂冈大教堂等，以及那些其他古罗马时期的古迹；当然也包括了《罗马假日》中的那些著名场景，如"西班牙台阶""忠实之嘴""海神水泉"等。

下了火车，我按图索骥，找到了一家很便宜的旅馆。把行李放下后，我出门到火车站打电话。电话费真贵，一张卡立马就打完了。当我回头在电话亭旁边的小摊上买电话卡时，倒霉的事发生了：在这一瞬间，我放在电话亭上的导游指南，被偷走了。早就听说罗马的小偷很厉害，游客们都将背包背在胸前。但是整整一晚上我都没想通，小偷偷我的中文旅游指南有什么用？莫不成他还懂中文？

　　没有了指南，我顿时两眼一抹黑，别说西班牙台阶，梵蒂冈如此大的目标，我都不知在哪儿。没奈何，只好买了一本意大利文的指南。看图识字，摸索前进，在走了不少冤枉路，大致去了几个旅游热点后，终于来到了西班牙台阶。

　　我能找到西班牙台阶，有赖于记忆中电影的画面。隐隐记得有一个类似于方尖碑式的建筑，两个对称的钟楼，然后就是高高的台阶。赫本就坐在这个台阶上吃冰激凌，穿着后来成为她标志的小圆领白衬衫，大摆裙，捆绑式凉鞋，宽版皮带勾勒出唯她独有的、盈盈一握的纤腰。全世界的赫本迷，都记得这个镜头，全世界的少女当时都恨不得减轻十公斤。从这一刻起，赫本赋予了时尚和美丽一种全新的概念，这种影响力几十年风行不坠。

　　西班牙台阶位于西班牙广场，是罗马城里最富有特色的地方。周围有很多著名建筑物，广场正中有一个著名的"破船喷泉"，表现一个快要沉没的破船，大量的水正从船中涌出。烈日当空，它带给坐在它周围的旅游者们缕缕凉意。我挤进去，坐在喷泉边上，请一位隐约长得类似格里高利·派克的意大利小伙子，为我拍了张照片，这张照片后来被我用在一本书上。

从破船喷泉往上，是全部钙化石砌成的台阶，直通向山顶。台阶分十二段，每一阶的宽度富于变化。或疾或缓，绝不陡峭，非常适合于情侣勾肩搭背，相携上下。而正中次第而生的两道石墩，简直就是为赫本坐下娇喘而准备的。全世界有不知多少台阶，哪一个台阶有西班牙台阶风光旖旎，让人神往？其先天条件难出其右，一如赫本一尺六的细腰，让全世界女孩饿得两眼发蓝，仍可望不可即。

赫本由《罗马假日》一举成名，此后更是掀起时尚狂潮。很明显，她让这世上的女人们在她的身上看到了自己：她既是灰姑娘，又是公主；既是时尚的演绎者，又是乡下刚进城的贫家女；她既成熟又天真；既是男人眼中的可人儿，又是女人心中不屈不挠的坚强化身。与时尚大师纪梵希的终生合作，更是让她成为时尚界典范和象征人物。像科科·香奈尔一样，她不仅提供给我们一种穿着的品位，更是启发了女性对自我形象的扩展。一句话，单单是这么一个女孩，已足以使我们缅怀过去的快乐时光。

晚年的赫本，成为"联合国儿童基金会"的亲善大使，她说："我这一生都在渴望这个角色，我终于得到了。"公主成为了天使，魅力却有增无减。她背着非洲儿童时的亲切笑容和当年朝着派克展露的如花笑靥一样，其迷人之处不可抵挡。就像一位朋友说的：美已发生了变化，但美还是美。

西班牙台阶上，每天坐满了来自全世界的人：年轻人、嬉皮士、单身女郎、老年伴侣和年轻情侣，他们全都懒洋洋地坐在台阶上晒太阳，感受属于上一世纪的经典爱情。女孩们大都手里拿着冰激凌，毕竟，不是人人都可以成为公主，但至少人人都可以坐在西班牙台阶上吃冰激凌。

2001年

成都男人：虽不养眼但养人

　　成都山水灵秀，盛产美女。一提起成都，美女二字铺天盖地。而成都男人呢？简直是没有鸟语，没有花香，无人知道的小草。许多外地来的北方男人，对成都女孩欣赏之余，不免又对成都男人独占花魁嫉妒有余。是啊，在他们看来：成都的男人整体高度不够，整体雄心不足，整体面目暧昧。雄性激素，性感指标，明显低于北方男人，有什么资格挽着高他一头的美女的手，当街招摇而过。最可气的是，那些成都美女好像也安之若素，并不觉得自己浪费了资源。

　　古来蜀道难，山高皇帝远。再兼成都天府之国，几百年来无灾无害，造就成都男人散淡自在、其乐陶陶的乐观性格。不管时代如何改变，外面的世界如何精彩；成都男人只要往茶馆里一坐，个个都觉得自己就是活神仙。成都男人大都不喜欢气吞山河的战场或商场的征战，却喜欢唇枪舌剑的嘴上功夫。所以，成都才会有那么多的茶馆，即便现在一切都国际化，连城市带人都变"洋气"了，也不过是茶馆变成了茶楼，"龙门阵"（侃大山）变成了"谈生意"。在成都，有许多男人办公室都懒得要，就在茶馆里办公，照样一单一单地接生意。而更多的男人悠闲自在，不图大富，虽说脑子灵光，但争权夺利、费尽心机的致富发财之路，却也懒得去做。所以古人说：在川如虫，出川如龙。历史上有些名头的成都男人，都是早早出川，去拓展自己的视野和事业。小平同志十四岁就一叶扁舟，逐水而下，从此乘长风破万里浪，一去便再未回头。那些成大事业者的，都是出蜀后拾得一片大好河山。留守的成都男人，都是自在散淡、悠闲随意、小康即福。成都男人最爱说的话就是：钱都挣得完嗦？

成都男人如此潇洒，还有一个原因，成都的女人太能干了。她们原本就花气袭人，怎当得又都是心思活络，精明能耐，处处事事抢尽成都男人的风头。成都女人的伶牙俐齿，聪明能干，让成都男人又爱又怕。好处是本地男人和一不小心少年入川的外地男人，可以放心地靠在女人的心窍上睡大觉。省事省心，保管商务事务家务财务，样样被女人安排得妥妥帖帖。坏处是由此盛产了本地制造的男人名牌"粑耳朵"（耳根子软），"气管炎（妻管严）"和"跷脚老板"。小志向而大福气的成都男人，其诀窍就是：甘愿躲在能干女友的身后作一片绿叶，倒也越发地衬得整个成都一片红肥绿瘦。

其实，成都美女也是成都男人养出来或者说宠出来的。那"Made in Chengdu"的粑耳朵又称"粑的"，是成都男人的一大发明。他们因为照顾体贴自己的妻子或女友，在自行车旁，加装了一个车轮和座位。这样，他们就可以载着自己的女人回娘家。成都男人自称为"粑耳朵"，说明成都男人具有幽默感和自嘲能力。成都私家车据称全国第三，殊不知这个数字也与"粑的"有关。成都男人图实惠，并非只买高价车。只要有个三五万，能买个"拓拓"（奥拓车），一样可载着妻儿出门周游。不像北京上海那些挣面子的大男人，非奔驰宝马不要，弄得妻儿老小望眼欲穿。再说，勤能补拙。在商场常常能看到成都男人背个女式提包，跟在女友身后，殷勤备至。最近还有一则新闻：某商场考虑到男士陪女友逛商场的辛苦，特设一个"老公寄存处"。老公们可以在"寄存处"安坐喝茶，另一番含义就是：不得对女友的购物兴致进行打扰。再者，成都男人过日子讲究得很，他们不嫌麻烦，亲力亲为。他们哪怕是开着奔驰宝马，在公司吆五喝六，但回家也要自己下厨操刀，弄出些美味佳肴，与老婆一起品尝。遇上周末，更是不辞辛苦，开车两三个小时，带女友去雅安吃一顿雅鱼，在江边喝茶，发一通雅兴；然后再开两三个小时的车回家。有极端者，如我认识的某人，因女友爱吃宜宾的面，特意请了一星期假，带着她到宜宾住了七天；每天陪女友大快朵颐。所以成都的美女们，一个个被美食养得唇红齿白，丰姿绰约。试想一个美女被请回家中，不但不被滋润，反被当作家庭劳动力天天使用，三下两下就干枯了，哪里还会有颜色在脸上。所以说，北方美女只能美一季，成都美女却可以四季常青。

我的一位女友，嫁了一位高高大大的北方男人，二人甚为相得。一次，随夫前去北方探亲，回来说起简直花容失色。原来在他的老家，女人任你长得桃红李白，只要嫁到夫家，就是小媳妇一个。对男人俯仰其鼻息，伺候得洗脚水都得端到床前不说，吃饭还不能上桌，只能在厨房里与保姆一起蹲着吃。她丈夫回到大男人的气场里，雄性激素当下在血脉中流窜，不免也入乡随俗开始对她吆五喝六起来。我的女友不等假期过完，就嚷嚷着回到了成都。回来后，再三告诫女朋友们：还是成都男人怜香惜玉，虽然不养眼，但是养人。

成都男人的"粑耳朵"情结，虽然不免会被来自北方的郎（狼）所耻笑。但在成都女人眼里，却是巴适可爱，正因为他们懂得姐姐妹妹们的心思，所以才能处处留情，人人在意。这又岂是某些蠢笨愚昧的所谓"大男人"能够明白的。不管怎么说吧，现在是一个性别可疑的时代。阳刚已不再是男人的专利，正如温柔也不仅仅是女人的特性。当电视版、电影版的"野蛮女友"甚嚣尘上之时，成都男人也不怕说一声"我的老婆是大佬"，然后举案齐眉。据称征服世界的力量正在精致化，横行霸道正让位给温言款语。要知道中性的意思就是"你中有我，我中有你"，成都男人最知道知己知彼才能百战百胜的道理。所以，当成都男人用体贴温馨征服了成都女性，那些还在等着洗脚水的北方男人们才会知道：性吸引力原来绝不仅仅是胸毛。

顺便说一句，前天白夜酒吧来了两个北方男人。外表就像我小时候常听我妈念叨的："高高大大门前站，不会做饭也好看。"进得门来，当真如玉树临风，引得白夜的美女们眼波流转。不期酒过三巡，聊至酣热，二人说他们生平没下过厨房，更不沾手任何家务事。这一下简直让美女们倒抽冷气，唏嘘一片。当他们走后，美女们终于得出一个结论：嫁人还是要嫁成都男人。

三个典型的成都男人：

1. 司马相如：风流才子加情场高手。年少时"好读书，学击剑"，作客别人家中时，"一坐皆倾"。虽为当世大才子，落魄时也不介意开小饭馆挣钱养家。开创成都男人追求女人的方法论：只需眼前《凤求凰》，哪管他日《白头吟》。

2. 流沙河：著名诗人兼学者。20世纪50年代因写《草木篇》被打成"右派"，下放到金堂县去当木匠。有成都老一代美女何洁，如卓文君般冒死相随，甘心情愿地下嫁给木匠。可见《草木篇》之魅力，不输《凤求凰》。

3. 石光华：成都诗人。说话腔调、行事原则、一生机遇、风流逸事，均为最典型之成都男人。写整体主义诗、喝下午三点茶、操正宗成都腔、兼四面八方职、饮扑爬跟斗酒、抒山盟海誓情、出一二三本书、过川菜生涯瘾。不亦快哉！

女人的 "看"

    "名花倾城两相欢，常得君王带笑看"，在中国传统文化中，女人与花，是一样的物体，处于被观看的角度。这里的"君王"，正可以替换成男人。事实上，每个男人心中都有君王情结，"东边我的美人，西边黄河流"说的正是这个，所以，男人到了卡拉OK厅，都要争着点这首歌，不无道理。无奈的是，在现实中，并非人人可以称王。所以，男人退后一步自然宽，无权尚能有色，在家里和街上，当个食色君王，也算功德圆满。

    从前女人看自己，也是用的男人的眼光，把自己放在"被看"的角度上。当女人以花自喻，以花自伤时，也是在提请男人的眼睛注意："花开易得落难寻"，"花开堪折直须折，莫待无花空折枝"。娇柔和无奈，都是指望男人珍重花期，如此而已。

    有一天，女人终于自己看自己了。朱迪·芝加哥是美国艺术教母，她有一个著名的象征作品"穿越花朵"，用灿烂如花的女性意象，改变了女性的视角。她说：主动地看自己和被动地看，是不同的。这种力量的产生，来源于你对自己的认识。她的话，改变了女性的立场。这个立场其实很简单，也就是说，女性也有自己的一双眼睛。

有一次，与女友唐丹鸿一起看男人版"新天鹅湖"，直看得我俩心醉神迷，唏嘘不已。当四个男小天鹅穿着长绒短裤，踩着我们熟悉的旋律跳出来时，我们也眼热心迷地带笑看。原来"看"也这般赏心，"被看"也可以是男人。只是当我们也学会了"看"时，才发现：男人的确也是件好东西。

后来看到一篇谁谁谁的文章，里面说道：男人是什么？一件有智力的物件而已。当他有不一样的思维时，借鉴他；当他创造力丰富时，欣赏他；当他善解人意效力于你时，享受他；当他像段木头时，忽视他。这位谁谁谁是女士，貌美如花。这番话，也格外显得有眼力，"看"得清，道得明。

所以，女人现在也拥有"看"和"不看"的权利，当八块肌肉的白天鹅和风情狂放的黑天鹅出现时，女人玩的也是心跳。当像一段木头似的男人出现时，不，岂止是像木头时，包括像砖头，像工头，像刺头（除了像枕头）时，我们便需"大开眼戒"（我最近知道，这句话的原文其实是：深深地闭上睁大的眼睛）说白了，就是想看都不看。

2001年

女 人 的 城

　　总觉得每个城市的属性与那个城市女人的魅力有关。一方水土才能养出一方女人。比如杭州，西湖水，断桥月，才能养出柔情似水的白娘子、苏小小。再比如我的老家河南，肃风吹，飞沙走，从那儿出来的女子，都要唱《胡笳十八拍》；像蔡文姬那一型的，都是大气磅礴的美。我虽是河南籍，却从小长在成都。成都山水灵秀，竹林掩映，云深处紫外线都难以穿透。水土是养女人的水土，城市是过日子的城市。地理位置、气候、悠闲度，都造就了成都成为一个享乐主义的平原。

　　成都女人得蜀中山水之秀而生，赖古都气韵而长，难免成为一个品质、色彩和格调上都自成体系的女性一族。古人说：少不入川，第一层意思，肯定是指这里是一个懒散、消磨男儿意志的地方。第二层意思，焉知不是指这儿的女人姹紫嫣红，花气袭人，心思活络。稍一个不小心，便会失一个马前蹄，坠入温柔乡里，不思进取，大好河山，落入一个女人的小指缝里。这也是那些大野心、大宏图的大男人的紧箍咒。

成都的女孩，像极了这个城市处处可见的竹，既亭亭玉立，又能屈能弯，"枝迎南北鸟，叶送往来风"，生命力极其旺盛。随便把成都女孩往那什么瘦土枯地上一种，过不了多久，她也会郁郁葱葱地开出唇红齿白的花来。不信你看出川发展的成都女人，哪一个不是活得滋润无比。如果说真有什么水做的女人，沙堆就的女人，那么成都的女人就是竹筑的女人。聪明伶俐不摆了，大事小事家务家，像竹子一样节节用心，处处开窍。用知识分子的语言就是"玲珑剔透"，民间的说法是"一踩九头翘"。一个成都小女孩动心思，十个大男人绑在一起都想不通。印刷体语言形容就是"九曲回肠"，老百姓的形容是"肠子弯弯打绞绞"。

很难说是成都这个城市养这样女人，还是这样的女人养成都这样的城市。总之，这座城市和女人互相需要。居住在成都，的确是养人养心又养眼，满大街的小吃，满大街的酒廊，满大街的人面桃花，满目飞鸿，一瞥怎么能够？这时，"少不入川"的古训，盆地意识的忧患，被小女当家的挑战，男人下意识深处的竞争心理，免不了会跳出来激发那些有雄心壮志的男人，干一番事业。至于那些稍稍气短一点的男人，则以懒人自勉，"打点小麻将，吃点小火锅，炒点渣渣股，当个小房东"。

2002年

记忆在此分岔

——评吕澎《血缘的历史》

　　每次，当我读到一本类似帕特·哈克特与安迪·沃霍尔合作的《波普主义》，或勒·克莱齐奥写作的《迭戈和弗里达》这样的艺术传记，我就想：某天，会不会有人也来写一本关于中国艺术家的书。

　　这两本书，前者，是波普大师安迪·沃霍尔与作家合作的结果；后者，是2008年诺奖得主关于上世纪两位艺术大师作品与人生的专著。这两本书，我认为是艺术传记的典范。一方面，通过艺术家的故事，进入艺术家的内心世界。另一方面，通过作者对艺术家所处时代背景的描述，让艺术家本人及他周围的人，乃至那个时代所有的人的身影，都闪烁其中。因而，我们也对那个或伟大、或悲壮、或堕落的时代，有立体的深入的认识。我一直希望对中国当代艺术而言，当我们回顾它三十年曲折艰难的过程时，某位艺术家的成长经历、与时代的关系、个人创作背景，也能够佐证这段历史。

　　今年4月，在乌镇《乌托邦异托邦》展览上，策展人、批评家吕澎告诉我：他写了一本关于艺术家张晓刚的传记，"应该算是中国第一本艺术家个人的传记"，他这样说。我当时想，不知道这是不是我想读到的书。安迪·沃霍尔在他的书的前言中这样写道："帕特·哈克特（Pat Hackett）和我，在写作中，再现了从1960年（我开始波普创作）起的十年，这是对那时的我和我的朋友们生活的回望：绘画、电影、时尚和音乐。"吕澎的这本传记，也能让我们回望中国20世纪80年代至90年代中期，中国文化圈或当代艺术圈的生活吗？吕澎的这本书，取名叫《血缘的历史——1996年之前的张晓刚》，也就是说，这本传记，同时也记录了当代艺术在中国兴起的那一段重要的潜伏期。

显而易见，将"血缘"与"1996年之前"并置在一起，意味着这本传记，主要论述张晓刚广为人知的"大家庭"系列的前传，着眼于"大家庭"怎样产生，是何背景，有何准备，在什么样的石头上艺术钻出耀眼的火花。

毕竟，张晓刚一向被视为"中国当代艺术家的成长样本"，许许多多年轻艺术家也以他为楷模。毕竟，在他们的心目中，张晓刚是受到学术和资本双重宠爱的天之骄子。他们也希望有一天，某位艺术圈大佬或某位资本大佬，突然光临自己的寒舍，点石成金，吹糠见米；自己也就能破茧成蝶，一夜成名。而对艺术家的成长经历，曾经的艰难，个人的奋斗，时代的苦痛，却一无所知。我记得很多年前，张晓刚在白夜曾经就此现象发过几句牢骚，他开玩笑说："新一代艺术家只看到我们抵达了延安，没看到我们爬雪山、过草地的艰险。"也许这一本书，能够给青年艺术家们带来一些触动和启迪。仅就书中开出的那一份书单，就能够说明成功艺术家，并不是从石头缝里蹦出来的。

吕澎前言中，这样说道："上一个世纪初，张晓刚就开始了他富有探险性的艺术历程"，"作画、阅读、写作，以及不同时期，对挥之不去的内心焦虑与思想困境的深深卷入"，构成了他既独特又带有象征性质的艺术经历，那也是一代人的文化背景。张晓刚本人也说，吕澎"不仅仅是写我，而是写一代人"。的确，当我们阅读张晓刚的书信、笔记，阅读他与川美同学、云南画家、成都同行们的交往、艺术追求和实践，阅读他们的理想、热血、友情，困难重重和坚韧不拔，从中，能一窥张晓刚那一代艺术家们的艺术历程。它讲述了一个60年代出生的艺术家，在一个特殊的背景中，从"前现代"社会"读书无用"的年代，画画为了"超越环境""超越现实"，到一个国家转型时期巨大的变化之中，敏感的艺术家寻找属于自己的特殊艺术图式，可以看出：一个与国家特殊时期的变化共同生长的艺术家成长个案，在吕澎笔下已然成形，尽管本书仅限于前传。正如批评家李陀论及80年代时所说："70年代开的花，在80年代结果。"1978年开启的"伤痕美术""89艺术大展""玩世现代主义""政治波普"，一波又一波的艺术运动，催生了新世纪当代艺术的繁荣与喧嚣。整整一代艺术家躬逢其盛，投入其中，在新旧交替的时代，创造了当代中国新旧交替的艺术神话。张晓刚比他的同辈更有预感，80年代末，在他写给朋友的信中，他对90年代如此神往："大家都在等待一种东西的出现，也许是地震，也许是仙女。"

不能不说，这第六感如此准确，如同他的作品与观念。在以后的岁月里，仙女出现了，地震也出现了。

在乌镇，吕澎曾对我直言：正是因为张晓刚对自己精神追求和精神生活的文字记录颇为重视；正是因为与其他艺术家更重视视觉判断不同的是，他细心地保存了所有80年代与朋友的通信，以及自己的日记，这才使得这一本传记，成为可能。因为，那些来自本人的第一手资料，既珍贵又翔实，还原了四川美术学院及西南地区艺术家的早年艺术经历。这本书的另外一个重要贡献，便是讲述了当代艺术的主流圈——北京场域之外，整个西南地区的艺术生态和历史场境。从四川美术学院20世纪80年代的"伤痕美术"，到后来的"85"思潮。

吕澎说："历史写作首先需要资料和文献。"除此之外，我认为历史写作更需要细节，需要某段历史的现场感。艺术家本人亲身经历的记忆，会为历史现场提供鲜活的、立体的细节，让历史也丰满和生动起来。

如果说我对这本书尚有些许遗憾的话，就是现场感的线索有些被资料冲淡了。关于一个艺术家的心态和行为模式，非理论性的文本总是比同时代的艺术史和艺术理论，更能描述一个艺术家的具有象征意义的行为和价值。很多时候，细节总是比资料更能还原现场。这也是本书迥异于其他"因艺术家的成功而引起的后期阐释和媒体语言"（吕澎语）的地方。虽然吕澎说，他有意"放弃了对艺术家的生活作过分细致的描述"，但他仍然使用了对象的一些生活情节和叙述焦点。事实上，这样一些被他当作剩余视野的表述，却能将研究对象置身更大的历史互动关系，从而达到一个更广阔的视点。譬如成都西南局宿舍鼓楼北三街63号，于张晓刚的童年是重要的。犹如鼓楼北三街56号于我，同样是重要的。当在一位艺术家的传记里，读到一些同时、同地、同记忆的细节时，你会意识到：某些东西是我们共同的生活，它只是分散在不同的区域，也许在某些时候，它会被串联起来。恰如读到传记中，张晓刚描述"四川商业厅楼房上"那一挺马克沁重机枪时，我的记忆也被激活；也让我听到了几十年前对面大楼上的枪响。一度，它变成了另一种声音：高楼大厦层层的拔节声响。

西南局鼓楼北三街大院，有很多小楼，我的许多小学同学住在这里，而我住在街对面的鼓楼北三街上。20世纪70年代初，我常常穿过大院走到打铜街，再穿过商业厅，前往二十六中上学。

当读到吕澎描述张晓刚童年生活的前言部分，我的思绪，就像一架摇臂电影摄影机，升上天空。从高空镜头俯视下看，以回忆的视角，会看到两个孩子，在那个院子里行走。一个是回家，一个是路过。无论他们当时有没有交集，他们都在同一个"血缘"谱系中，在那个时代的大家庭中长大。他们都是在躁动不安、变化莫测的时代里，逐步形成自己的世界观，逐步形成看待事物的方式；他们都戴着那个具有强烈识别信息的红领巾，它曾经代表理想，最后代表了理想的破灭。不久这个标识，会换成红袖章，它代表着我们这一代，进入了一个更为动荡不安的年代。这些不同的标识，是整整一代人的特殊胎记。是被时代概括了的血缘，一代人的标准化血缘。作为一个特殊的意识形态印记，若干年后，艺术家张晓刚抽取了它的外形，有意抹去"人文情感"，用一种张晓刚称之为"陌生特异的处理"，使之成为一个著名的当代艺术符号。从那以后，他开始了他早就在做准备的"艺术追求"："我企望通过描绘公共的形象与私密的形象，传达出我对处于这个时代的个体生命与特定现实的某种关系的感受。"这就是血缘的历史。

而当时，在那个集体主义的大院中，一切，都仅仅在酝酿中。

传记从这里开始，叙述却还没有结束。

致二十五岁

夏天，我应朋友、戏剧家田蔓莎的邀请，前去观看她的学生佟姗姗的实验之作——小剧场京剧《杀子》。蔓莎是川剧演员，梅花奖得主。我与她相识于柏林，她那时应香港先锋戏剧导演荣念曾之约，在荣念曾的剧中有一段表演。舞台上，她身穿黑色披风，台步走得如风，一曲川剧《国际歌》被她唱得声如裂帛，遏云刺空。一时间，震住了很少听到川剧的德国听众。

蔓莎不只是传统的川剧演员，她也是一个先锋戏剧家。她后来调至上海戏剧学校，在上海，川剧并不受欢迎，但她却能超越戏种，把京剧、川剧都加以创新和改革。所以，我相信强将手下无弱兵。

大幕一拉开，空荡荡的黑色剧场中，两把红色座椅一下就吸引了我。鉴于对目前戏剧界各位大佬频繁使用的充斥大小舞台的声、光、电、影，早已审美疲劳，因此我对这个极少主义的舞台充满期待。这个戏，至少是把握住了中国传统戏剧核心"以少胜多"的精髓。用最少的道具，为演员提供最大表演空间。戏中的两个演员，用这两把椅子演绎了一个充满传统戏剧精神的故事，同时又把传统戏曲中高度符号化的元素与当代戏剧巧妙结合。除了剧本较弱、差强人意之外，舞台调度堪称完美。

戏结束后，导演佟姗姗上台致辞。艺术总监田蔓莎介绍：佟姗姗今年不过二十五岁。二十五岁，我大吃一惊。对传统戏曲如此成熟的把握，出自一位二十五岁女孩之手，让我颇感意外。戏后田蔓莎告诉我，佟姗姗二十岁起，为她做了五年的舞台助理，在此期间进步飞速。现在她也有了一位舞台助理，刚刚二十岁。再过五年，也许她也就成为另一个佟姗姗。这时，一位满脸稚气的小女孩跑了过来，田蔓莎一把抓住她，告诉我，这是佟姗姗的助理的助理，今年不到十五岁。因为喜欢戏剧，暑期来打义工的。真是很喜感的场面：十五岁的小助理为二十岁的助理跑前跑后；二十岁的助理为二十五岁的前助理跑前跑后。她们一起做成了这出虽显稚嫩，但已呈气象的小剧场京剧，我不禁想起了我的二十五岁。

我的二十五岁没有这么丰富精彩、前景诱人。那时，我刚从大学毕业，在一家物理研究所工作。对于未来，一片茫然。我将要从事的专业，不是我喜欢和擅长的职业。人人羡慕的单位，虽然对别人而言是前程似锦，对于我却是鸡肋。我知道我不会在一个我并不热爱的职业和职位上有所出息。如果仅仅是需要一份体面的工作，则毫无问题。当时的中国社会，没有如今社会这样的文化多样性及包容性。有一份工作，终生为之服务，是那个时代的常规生活。我的二十五岁，也彷徨在这样一眼就能看到未来的现实中。我的二十五岁，不仅没有助理，也没有任何舞台可供驰骋。我的二十五岁已被时代安排妥当，但它离我的梦想，不但差距很远，而且南辕北辙。如果说我的二十五岁曾经有过梦想，则那时我唯一的愿望就是为我热爱的诗歌事业做助理：当一个诗歌编辑。但这个愿望最终也被现实粉碎。

回想起来，我的二十五岁，只做了一件事：我决定放弃到人人向往的实验室工作，而选择到带有助理性质的机关工作，以便有更多的时间阅读和写作。我觉得生命只有一次，如果能够将自己热爱的事情变成生活方式，那么这样的人生，是值得去付出的。虽然三年之后，我才写出了组诗《女人》，但之前的准备和之后的一切，都是从二十五岁开始的。我从来没有为二十五岁所做的决定后悔过。

今天，我看到佟姗姗和小佟姗姗、小小佟姗姗，都幸运地二十五岁之前确定了自己的定位。而更多二十五岁的青春，正在犹豫、徘徊和不知所措。有一首诗，写过这样的人生选择："树林里分出两条路——而我选择了人迹更少的一条，从此决定了我一生的道路"，人迹更少的一条，也许落叶缤纷；但是，也可能你费了半天劲，走到最后，却平淡无味。让你后悔似乎错过了另外一条路的精彩。

二十五岁，意味着你必得要把自己的GPS锁定在某个方向上，哪怕它离成功看上去山重水远；你必得要相信林中之路通往坦途，哪怕你有一天会叹息着去回顾；你必得要相信"山在那里"，能不能登顶取决于你的GPS，对准了你想要去的地方，剩下的，就是开足马力去努力。

人生是一次次狂喜的蹲守

20世纪80年代，某一天，我在朋友吕玲珑家里，看到他拍摄的新疆阿勒泰风景。那是我第一次感受到了摄影师平面镜头面对自然时，带来的冲击力。

吕玲珑名字含有诗意，镜头更是如此：阿勒泰的阳光和月光，都被他使用、调动了；阿勒泰的阳光，和月光下的一切，都被他诗化、浓缩了。观察者和被观察者的关系，也在那个黑色的框架里延伸、扩张了。那时，我尚不知道：世界上还有这样一个地方：阿勒泰天高地远，月明星稀，像一个人迹罕至的地方；又像一个动植物相谐生长的地方。吕玲珑的镜头，搜索方寸之间的天地万物，从一个辽阔迷人的空间，去碰撞千分之一秒的瞬间。他最关注的却是眼前的事物：一只虫，一片树叶，一棵树，一片桦树林，一大片打草场，一脉雪峰，一个绿色宇宙。

从那时到现在，虽然被摄的主体在变化，但是，摄影者的心灵和眼睛，却一直未变。

20世纪80年代初，吕玲珑家，是一个摄影圈的地下沙龙。还覆盖了艺术圈、文化圈、电影圈。我常常去他家，参加成都文化圈的聚会。他住在一幢老式陈旧的二层小楼。那时，吕玲珑已是成都摄影圈的教父级人物。他名虽玲珑，人却不然；与艺术家们一样，留着长发长须。在当年，都是被当成不良青年、叛逆人物的。现在很活跃很著名的一代人，80年代，刚刚开始走上艺术探索的道路。在他家，我认识了许多很活跃的成都青年摄影家：毕克俭、吴奇章，陈锦。其中一些人，与我至今是朋友。我不记得有多少次，我们在他家讨论艺术、摄影和诗歌；又有多少次，参加摄影师、艺术家们，在各个现在看来匪夷所思的地方，举行的各种展览。那时，年轻人找不到空间作展览，大家也没有钱。80年代，信息比较封闭，甚至没有任何摄影展可以作参照。我记得有一次，在锦江宾馆旁边的大街上，成都的艺术家和摄影家们，用一条绳子拉在两边树上；照片，就挂在绳子上，树下，则堆放着一些青年画家的油画。场所如此简陋，但在当时，却是成都最前卫的摄影和画展。

　　20世纪80年代过去了，当年的叛逆青年中，有很多人，去做别的事情了。留下很少的一部分人，还在坚持做自己想要做的事情。其中最重要的、几十年不变的：就是吕玲珑。可以说：吕玲珑四十年如一日。他常常去深山里，一待，就是大半年，一般人很难做到。

　　很快，就到了20世纪90年代。始终在路上的吕玲珑，消失了好些年，一会儿听说他在新疆，一会儿听说他在阿坝，一会儿听说他在云南。而我，也由于生活的变化，出出进进，离开又回到成都。80年代那个摄影圈子，也聚聚散散地与时代发生了同步。仍然还有来往的朋友，也早已不再记起计划经济时代那些最初的梦想。

直到有一天，吕玲珑突然打来电话。那时，我已经在玉林西路开了白夜沙龙。我们约在白夜见面。

原来，从1986之后，吕玲珑就离开了城市，发起了"纵横祖国五万里"的摄影考察活动，深入到高原和藏区的无人区。这一去，就是几十年。

那一次，他为了出版新的摄影图册，才回到成都。在白夜，吕玲珑给我和朋友们看了他拍摄的稻城和雅鲁藏布江大峡谷（当时还叫作南迦巴瓦大峡谷）。他津津有味地给我们讲述：他怎样发现稻城亚丁，怎样拍摄稻城，怎样让稻城从"养在深闺无人识"到现在成为旅游胜地。稻城的藏族同胞们，视他为"汉人中的活佛"。有一次，他去稻城，那些贫穷的藏民，默默无语地抱着鸡，来感谢他；他们一圈又一圈地围着他转。很快，他周围堆满了鸡，让他不知所措。言谈中，我发现，对于城市，吕玲珑的了解仅止于80年代。对于现代技术，他的了解，仅止于摄影机的升级换代。长期在野外生活，他的思维模式，与同时代的人相比，已出现差异。而他的理想、他的激情、他立足于地球的摄影家眼光，在这个时代，也越显珍稀和可贵。

再后来，又一天他打来电话，邀请我去参加他的一个项目，前往藏区某个尚未开发的地方拍摄、写作。此时，距离我们认识已经二十多年了。对于我来说，就像一次回答读者提问时，说的那样："远方就是你一直想要去，但又永远不能出行的地方。"我再也没有青年时代为了去"远方"而旷工逃课的激情了。我越来越喜欢宅在家里，写作是宅的理由。人这一辈子，有时候是写作随着生活而改变；有时候又是生活随着写作而改变。而对另一些人来说：生活、事业附体于一身，绝不为时代的改变而改变。吕玲珑幸运如斯，他是后一种人。

人虽如此，时代，却很难说：许多时候，会为了某些不能为人所控制的事情而出现变化。稻城被发现后，一方面，藏民的生活，得以巨大改善；人均收入从五百元上升到五万元，另一方面，随着商业入侵稻城，这块圣地也再不可能圣洁，而是被现代文明的肮脏所污染。论及这些，吕玲珑只好叹息。

吕玲珑到现在还记得，诗人欧阳江河曾经说了一句名言："貌似一切，然而什么都不是。"他把这句话，延伸到现在。他认为现在的摄影界，更是貌似一切，然而，除了泡沫，只剩喧嚣。因此，他从来不参与圈内的是是非非，甚至，连摄影评奖，也不愿参加。

他说："我们从20世纪80年代走过来，大家的心态有所变化，走的路不一样。但是，我现在还是以前的心态。我一生也没为钱去做过任何生意，只有摄影。在探索和发现的过程中摄影。什么是探索呢？我拍东西，就要去前人没有发现过的地方。比如说稻城亚丁、太阳谷、太阳部落、雅鲁藏布大峡谷，这是我终生要去寻觅、去发现的地方。"

在《稻城》出版之后，我又接连不断地收到他出版的各种画册。我知道了，他一直在路上行走。他不仅仅是一个摄影师，而且是一位探险摄影师、一位人文考察家。他的镜头，越来越对准无人之处，那里有不为人知的自然，等待他去发现、等待他去徒步穿越、等待他去重新命名。"人必须要经过苦难的历程，才能抵达自己的灵魂深处，触及一种由强烈震撼带来的巨大幸福。"这是他对自己创作的认识和基础，也是他对摄影的要求和理解。

2018年5月，我有事给吕玲珑发微信，好几天后，他才回我。他告诉我，正在巴颜喀拉山山里。我一惊，问：山里有WiFi吗？吕玲珑回复，没有，因为回县城补充给养，才能上网。那正是他刚拍到雪豹的那几天，他很兴奋，给我发了微信，看他拍到的雪豹。我看了，也大为惊艳，问到他在山里的近况。他接着发了几张图片，其中一张，他头戴草冠，身穿迷彩服。他说：这样装扮，是为了接近雪豹。让雪豹慢慢习惯他的存在，把他当成自然的一部分。后面几张，是他在山上的生活图。图中，吕玲珑胡子拉碴，蓬头垢面。他说："我一上山，就一个月洗不了脸，更别说洗澡洗脚。山上压根没水。这141天里，从晚上睡进帐篷，到第二天起来，脚都是冰凉的，从来没暖和过。"图中，还能看到他与助手在一间破屋里，烧火做饭。石桌上，摆放一盆冷饭，几株白菜，一堆半发霉的橘子；墙边，乱草中，摊着两床睡袋。比较醒目的，是地上一溜摆着的摄影器材。我不由得连发几个表情包，以示惊讶、赞叹及钦佩！这样的生活，也许在我年轻的时候，还能过上几天。现在这个年龄，却是一望惊心。当晚，我把这几张照片，发到朋友群中。那些当年与吕玲珑共过苦、同过事的朋友，都又惊又服。众人一片赞许，均表示自己做不到。

吕玲珑拍雪豹的想法，产生于三十多年前。当时，作为中国摄影界的先锋人物，他第一个去了西藏阿里，也是开了一辆破车。阿里是高寒地带，海拔都在5000米以上，山上不长草。一天，他拍完照片下山时，碎石很滑，车失控了，一直往下冲。这时，路上出现了三只雪豹，一母两公。他一脚刹车，踩不住，撞死一只公雪豹，那是1986年。

当时，虽然没有环保概念，但他仍觉得内心歉责。在阿里，他晒得满脸黢黑，脸上全是紫外线灼烧的血痕，每一个血痕里，是一滴血珠。手上的血痕，一道一道，像鱼鳞开裂，巨疼。后来，他用死去的雪豹的油，涂抹伤口，一星期后，伤口全好了，并且终生免疫。

这让吕玲珑对雪豹这个物种，产生了神性意义上的理解。他说："上帝造就它去适应这个环境，会让它具备适应的条件。这个条件被人享用，而人就要尊重它。那时，我开始对雪豹产生了发自内心的珍爱和尊重。"

吕玲珑当时想：我这一生，一定要把雪豹系统地拍出来。一念所至，他对雪豹这个物种的关注，便从80年代贯注于今天。这些年，他走横断山、去巴颜喀拉山，穿青藏高原、行喜马拉雅山脉，最后，把点选在了金沙江边巴颜喀拉山下：四川的石渠县。

这是一个叫海螺的村子，是欧亚板块和印度洋板块碰撞的时候，从海底隆起的一个地裂孔。70户人家，300口人。附近，却住着11只雪豹。堪称中国雪豹之乡。

2016年，吕玲珑开始策划，第二年实地考察；2017年，他去山里住了两个月。2018年5月，吕玲珑出发进山，在山里，他设了很多观察点。这一次，在山上的帐篷里，住了141天。拍到了7只雪豹——一个雪豹家族：从爸爸，妈妈，到雪豹崽崽，成年雪豹，拍齐了。

他在山里静守，到第三个月，才有一只雪豹出来了。远远的，像一坨白石头。用1100毫米的镜头，才能看到雪豹稳坐的姿态。吕玲珑说："这是人类第一次用照相机（不是用红外监控），拍到花丛中的雪豹。我静静地看着它；它静静地看着我。"

他说："离雪豹最近的一次，发生在半年后。以前，距离总保持在100米左右。这次，从雪豹出现，到它放松警惕；一人一豹，只隔三十米了。

"茫茫雪野，空山无人，一人一豹，与天地共存。时间已无意义，这样的一种注视，接近于相看两不厌的境界。好似天地之间，只有人跟雪豹相依为命。"

我问他，这么近的距离，你害怕不？他说："这是一只母豹，它走不了二十步，就要停下来，观察我一次。我坚信它不会攻击我，快半年了，它还不把我当朋友吗？人与动物的关系，在实践中，才会真正地认识。半年中，通过这种自然的、缓慢的、和谐的、平静的连接，雪豹已渐渐成为我的朋友，我对它也是；它把我的味道，我细小的动作，早了解得清清楚楚了。到后来，它慢慢下来捕食，我静静摁下快门。我们相安无事。"

2018年年底，吕玲珑从山里回来。带回来他所拍的珍贵镜头。在白夜空间，办了一场讲座《太阳部落——雪豹的故乡》。这个讲座非常特殊，前来听讲座的，除了平时关心摄影、关心环保、关心野生动物的年轻人，更有许多20世纪80年代即与吕玲珑有所关联的著名艺术家、摄影师、纪录片制作人。所以，我们的讲座，即从80年代的理想、启蒙、迷惘和探索谈起。

吕玲珑一边放照片，一边给听众谈他对摄影的理解。他把摄影视为一种生命的创造。他说："我很早就选定了摄影这条路，但是，如果没有殉道的心态，这条路就会通往歧路，拍照也就拍成浮躁的垃圾。"吕玲珑也不像当下的许多摄影师，他不做商业活动，不迎合社会，甚至不参与评奖。当内心已经到这个程度的时候，还有什么人能跟他比？

在常年的野外拍摄、户外探险的经历中，吕玲珑一步步地认识到：工业文明的发展和人类自以为是的进步，充满了对大自然的破坏，靠消耗和破坏自然生态资源取得的发展，导致人类不可补救的损失。这一点，也是他和别的摄影师完全不同的地方。在他摄影的过程中，融入了很多人文的气质。他的摄影融入环保概念，全方位地表现和揭示我们的地球，我们的风景，我们的自然；与一般的风光摄影，是完全不一样的。他的作品中，有很深厚的人文情怀和哲学思考在里面。也正是因为如此，他才能在特别艰苦的地方，沉浸下来，拍自己的东西。

吕玲珑告诉听众："当拍到雪豹时，我感叹它真的是神物。你想啊，它生下来看到的景色，是普通人类很难看到的。高原的湿地，密密麻麻的到处都是，如果没有一个好向导的话，根本进不去；或者进去了就出不来，我很幸运。"他一边给我们放他拍的母豹与两只小豹的图片，一边用拟人化的口气开玩笑："两姊妹玩的时候，妈妈就去舔岩石上带盐的水分，小豹正吃奶，对盐的要求不高。拍摄的时候，小豹不停地看我，感觉在跟我打招呼：你快点拍哦，我要走了。"

有听众问："雪豹吃人吗？"吕玲珑回答："通过我对动物的关注，动物的一切行为都取决于条件反射。动物有个基本规律，不管是猫科、熊科、犬科，它先用眼睛看你，近距离接触的时候，你千万不要看它，你看它，目光一接触，就是挑战，动物只有感受到威胁时，才会反击。"他说："万物之间，地球上，只有一个物种具有破坏性，那就是人类自己。"

是的，世上只有人类，许多时候不是为了生存，而是为了虚荣、炫耀、征服的目的，去破坏生物链；去伤害地球上的其他居民。还有另一些人，去到任何一个纯净、天然的自然之地，就会把自己的肮脏、暴戾、不洁，也带到那里，去污染那些地方。

说到那些被人为破坏的大自然，吕玲珑往往痛心疾首："我们忽略了一个问题，工业文明的发展和我们自以为是的那些进步，都充满了对大自然的破坏。不污染，好像就达不到目的。祖宗给你留下了遗产，你是要建构一个互害公共体，还是建构一个互利公共体？所以，作为艺术家也好，摄影师也好，你怎么认识大自然？怎么认识我们周边的生态和环境？这是第一重要的。怎样把环境建构在我们既要发展也要尊重爱护的层面上，而不是去掠夺它。"

因了这个目的，吕玲珑对摄影本身，并不那么看重。而是通过摄影、通过野外观察，去反思。拍风景，他想要表现的是大自然不能被踩躏、被破坏的最纯净的一面。他希望通过自己的拍摄，让人们对自然报以崇敬，进而认识到人类自己的渺小。

据称雪豹全球数量不到八千只，由于气候原因，雪豹分布区外围的矿业开采等人为原因，雪豹的数量也一直有所下降。此外，全球雪豹约有百分之六十分布在中国。虽然雪豹大多数时候生活在陡峭、断裂、人类足迹罕至的地方，但是，近些年，雪豹与人类的交集已经越来越多。所以，人类怎样与雪豹这种稀有的、凶猛的、濒危的大型猫科动物自然地相处、和谐地共生，并更好地去保护和研究他们，是人类的新课题。吕玲珑的拍摄和研究，正是给人们提供了一个极好的范例和方向。我们正是要像吕玲珑接近雪豹的方式一样，去接近大自然，去亲近它，与它产生连接。将人类的身段放低，低到与动物一样的视角，来看待地球和地球上的所有生物。重新回到天人合一的中国境界，才能在保护雪豹以及保护地球上所有的生灵方面，寻找到最佳途径。

洋气的城市，土气的性情

　　在白夜对面，是坐标。坐标是欧洲风情酒吧一条街。但实际上，它也有芭堤雅和樱花屋这两个亚洲酒吧混在其中。在许多数人心目中，日本和泰国都脱亚入欧了吧。总之，我觉得从生意角度来讲，这的确是一个不错的主意。一个夜晚，窜台的人，可以从亚洲很快窜到欧洲。从太阳啤到德国黑啤，从波尔多到墨西哥草帽酒，一次可以醉到头。

　　现在都这样说："全球化"大势所趋，大局已定。跨国公司、跨国学习、跨国婚姻、跨国文化。但是，全球化的过程，也是一个文化扁平化的过程。文化珍稀物种濒临绝种，剩下的只可能是一些文化符号。正如麦当劳是美国的文化符号一样，波尔多是法国的符号、黑啤是德国的符号。地球越来越平，世界也越来越小。人们都像来自同一个村子里的人，穿着、文化、辨识符号已越来越像。比起小时候，我们已经越来越洋气了。我们可以从头洋气到脚底：从黄发、红发到假发，从蓝眼睛到硅胶波霸；从短到胸以上的外套，到长至脚踝的上衣；从满口洋泾浜到见面就拥抱。除了国旗各不相同之外，我们的生活方式已趋同化了。"异国情调"，是最可靠的时尚符号。当西方人拼命想穿我们这儿茶坊酒楼女服务员才穿的旗袍唐装时，我们却穿着西方嬉皮士最爱的流苏装。翻开《成都商报》房产版，你直以为自己住在欧洲，那么多"盛大开盘"的欧洲经典住宅等着你选。那么多拼缀着小尖塔的欧式窗户向你敞开。在城西，有"福布斯阶层专属"的水域豪宅。"仅献给十六位身家显赫、睿智从容的财富领秀"，这十六位领秀有福了，他们从此可以享受"豪廷贵派礼遇"。有一段广告词这样说：

500年前达·芬奇曾于这样的河畔
画下《蒙娜丽莎》的第一笔
500年后成都人以文艺复兴生活
为蓝本体验瞬间移民

这一段诗一样的语言，印证了这样的事实，虽然我们住在成都，但通过住进一个洋味十足的楼盘，我们就可以"体验瞬间移民"。说起来，比真正的移民便宜多了。

每一个国家都有它自己的属性。每一个城市都有它自己的性情。成都这个城市的性情是不思大变，小康即安，气定神闲。这得感谢李冰父子，他们修建的都江古堰千百年来灌溉和保护着整个川西平原，至今仍然是天府之国的风水宝地。也要感谢"难于上青天"的蜀道，在历史上那些战火纷飞的年代，把战争和乱世阻隔在盆地之外。天灾人祸，没能侵害到这里，天时地利，使成都成为最受老天宠爱的城市。性情这样的东西，物化到一个城市，就是它的城市特点：民居、街巷、店铺，以及风土人情构成的生活形态。

成都过去的街名，都很土气：打金街、锣锅巷、染房街、银丝巷、草市街、骡马市。这些地方，你一听就知道这条街的居民构成和职业特征。当然，成都现在的居民构成也发生了很大的改变，不宜再使用那些土得掉渣的地名。但是现在的社区冠名，如此可疑，让人无所适从。比如，我的朋友住在叫"曼哈顿"的楼盘，她住进去后，羞于在名片上印上自己的住址，以避骗子之嫌。剩下那些住在戛纳或雅典的人，怎样自报家门，是一个我很好奇的问题。房地产文化如今已经成为一个时髦的话题，有文化的房产商还自己办有杂志。潘石屹的《苏荷小报》，就是一本不错的杂志，平心而论，比许多体制内的杂志办得有水平。但看来他也仍然逃不脱房产洋名的吸引。住在SOHO现代城，比住在"维也纳"或住在"香榭丽舍"，听起来要艺术些。但还是让人搞不清，是住在中国还是美国。在国外，虽然也有众多的"中国城"；顺便说一句，不久前我遇到了在美国的华裔企业家周英华先生，他说过一段关于"中国城"的英文名称之事。在西方，一般都叫CHINA TOWN，但这个英文词无论是从语言上来讲，还是从历史背景来讲，都是非常不恰当的，是带有歧视性的。不幸的是，中国人自身基本上都没有意识到这一点。周先生在临走时，请我有机会一定写在文章中："中国人"的歧视性叫法是"CHINA MAN"；正确的叫法是"CHINESE MAN"。"中国城"的歧视性叫法是"CHINA TOWN"；正确的叫法应该是"CHINESE TOWN"。

"中国城"使用了众多的中国符号，什么龙啊凤啊、福啊寿啊，但怪只怪那些符号，都不但没有成为经典，反变恶俗。不及耐克那一个钩，能够勾起世人的品牌意识。这也是中国人忽视自己的代价：中国的"欧洲一日游"打的都是"经典""高贵""福布斯"牌；而中国城的"中国一日游"却彼此压价，打的是"廉价"牌。最多只吸引了西方人"瞬间"买点便宜货，却不能吸引他们"瞬间移民"，住到那个表面上盘龙卧虎的中国符号之中去。这差不多也是中国目前在世界经济环境中的现实了，如果我们把它放大了来看的话。

不得不承认，现在改建好的水泥成都，的确很漂亮，生活交通也很便利。但你可以说它是中国的任何一个城市。没有任何符号表明这是蜀国之都（除了空气中都弥漫着的火锅香味）。包括这些洋气十足的楼盘名称，当许多成都人自称自己住在曼哈顿或香榭丽舍时，当成都的地图和名片上印有许多盗版洋地名时，成都和成都人是否早晚也会得人格，不，城格分裂症呢？如果外地人以为琴台路那些水泥浇筑的疑似古典民居，就是成都过去的样子，那皇城老妈火锅店和锦里一条街，至少还披着一件艺术的外衣。

事实上，成都现在剩下的就是这个城市的性情，无论外表如何变，无论身上穿了多么洋气的名牌，无论使用何种品牌的化妆品，成都人仍然是喜欢邀群结伙去温江吃渣渣面，到龙泉桃花树下打麻将，或者盛夏坐在室外吃串串香，而不是像其他城市一样，连饮食也是划分了阶层的。也许正是这样一种洋气和土气反差极大的对比，才是最像成都的地方。在城南同时也是在成都最成功的空瓶子酒吧，芝华士兑绿茶，把来自欧洲的威士忌变成了本地特产。它的日销量把老牌帝国主义的仓库变成了真正的空瓶子。玉林像万花筒似的给我们旋出了一个海市蜃楼：富在城南？谁知道呢，光靠空瓶子，肯定不能说明这个问题。但能够说明问题的那些数据，我们也许永远看不到。

现在，成都城南的概念已越来越大。三环路之外的南，将是未来成都的中心。我的好多朋友早已搬到了那里，牛气冲天的新会展开盘那天，我和一个朋友去到那里，售楼小姐和买房置业的人个个满头大汗，脚下生风。在它外面，八车道的路已准备好了：发在城南（不管它是发展的发，还是发财的发，或是发梦的发以及发疯的发），你不相信也不行。

前两天，我偶然经过九眼桥，拐进一条小街。结果轰然洞开一个旧天地：路两边长满梧桐树，这是旧成都留下来而不是新移栽的。矮矮的木板瓦房，一律只有二层高。窄窄的街道两旁都是小店铺；人们在街边喝茶、聊天，隔着街道打招呼。这是我小时候见到过的土味十足的成都，是真实成都的缩影，也是即将消失的最后一小块土木成都。我离开时，不知道下次再来，会见到一条什么样的街道、什么样的名称，但肯定知道的是，它今天的面目将不复存在，就像那些同样不起眼的、有着土气名称的小街道一样，它们都将成为中国经济浪潮的祭奠。

2006年，我为成都的房地产产业写下了一首诗。你别说，这首诗在我的写作生涯中，算得上一次实验。因为除了第一段和末一段是我个人抒发对成都房地产全球化的感想之外；其余部分，全是成都最著名的商报上的广告词（除了中间有点夹叙夹议的感叹之外），我不能不说现在的广告词越来越有诗意了，以至于让我也动了"剽窃之心"。

洋盘货的广告词[①]

"在成都有一么多的楼盘
它们盛开在这个城市的四面
有原创、有拼装、有移栽"

半山卫城生长在地中海文明中
戛纳印象"要在蜀地中看海"

---

① "洋盘货"，成都话，源自1949年以前，指所有舶来的洋货物品，后演变为炫富、炫洋、炫美之意。用于此诗中，专指成都房地产业中一大怪象，大部分小区、地产、楼盘均喜用洋名，且在广告词中极尽炫洋之词。该诗几乎全部挪用成都报纸上的房产广告语（除了个别用于连结的词和引号内的内心独白）。见《成都商报》2006年6月4日和2006年6月7日。

每个房间均为凸窗设计
推窗见水藏风纳气
幸福就是在夜里能闻到花香

香颐丽都"置信于你将信"：
五百年前达·芬奇曾于这样的河畔
画下《蒙娜丽莎》的第一笔
五百年后成都人以文艺复兴生活
为蓝本体验瞬间移民

成都后花园却有纯正北美血统
托莱多菲森德哈维特
"这样的地方成都人大都没听说过
但不影响"这些百年传世大宅
完美售罄

"在三千余年的金沙遗址旁"
有诺丁山现场
国际新区名叫米兰香洲
三十万常住人群二十万城市新贵
适合业态：法国酒吧
英伦书房美式咖啡馆
韩国烧烤日式料理

俄罗斯风情吧"最炙手的是"
西班牙风情吧

巴厘，2006成都爱上你
湛蓝的天和煦的风
温润的阳光
取代了工作计划
绩优考评职业目标
悠闲不必适可而止
"在丽都在这样的措词里"

迎宾大道1号是国宾片区
1200平方米尊贵空间
献予身家显赫、睿智从容的财富领秀
登录法则：以电话方式
具资产证明
审核法则：非请勿入
务请交纳观宅押金RMB 100，000
观赏法则：全日专属看房体系
届时温莎岛将全面封馆
"福布斯级"水域豪宅
开创中国吊桥别墅之先河
主卧主卫配有遥控天窗

令主人在静卧中
享受浪漫的星空
私宅禁地谢绝踩盘

在城东：
用2000亩原生松林作背景
用专属的高尔夫景观养视野
维也纳森林别墅距离成都
仅一小时车程
半山之上稀世公开
举目全国这样的天成格局
亦堪称罕见
传世别墅的价值也正在于此

"在成都有一么多的楼盘
它们分别姓欧姓美
或姓日韩
成都人不必跋山涉水
不必买机票倒时差
劳筋骨一天之内
就能把西方玩完"

2006年